中国現代文学

第23号

中国現代文学翻訳会

目次

❖『中国現代文学』は現代中国の文学を紹介する翻訳誌です。
❖同人の相互検討によって、よりよい作品選択と翻訳を目指します。
❖年二回刊行します。

発生

蔣一談
三木潤子訳

原題　〈発生〉
初出　《透明》中信出版社 2014年4月
転載　《山花》2018年第4期
《長江文芸》2018年第10期
テクスト　初出
作者　【しょう いったん　Jiang Yitan】
1969年河南省商丘生まれ

雨が落ちてきた。はじめはパラパラと、その後、一定のリズムを刻んで。数人の作業員が煙突の先端で金槌を振るっており、砕けるレンガから巻き上がった粉塵が雨靄《あまもや》の中、四方へと舞い落ちていく。彼は胡同《フートン》の入り口に立ち、その様子をじっと眺めていた。この大きな煙突は、彼が三十五の年に建てられたものだ。それから三十四年が経ち、街や周囲の建物は幾度となくその姿を変え、胡同もまた変貌し続けている。大通りに面した平屋の家屋は次々と小さな店舗に変わり、老朽化した胡同の建物はいつ取り壊されるかもわからぬ運命だ。

昨春のとある夕暮れ時、彼はその時もこの場所に佇んでいた。そこへ、二十歳《はたち》前後の学生らしき女の子が二人やってきた。彼女たちは足を止め、じっと煙突に見入っている。そのうちの一人が口を開いた。「顧城《グーチョン》*が十二歳の時、『煙突』っていう詩を作ったのを覚えてる？」もう一人が応える。「なんとなく」すると、尋ねた方の女の子がささやくように諳んじた。「煙突は平野にそびえ立つ巨人の如く／灯火で覆われた大地を望み／しきりに巻きタバコをくゆらせながら／誰も預かり知らぬことに思いを巡らせている……」彼女は目を細め、なにか思うところでもあるかのように、うなずいた。

近所の顔なじみが数人やってきて、しんみりと話している。

「煙突が取り壊されたら、この胡同も間もなくだろうね……」

「本当に忍びないよ」

「マンション住まいも悪くないさ」

「マンションなんて興味ないね。私は、ここにいたいんだ」

＊顧城
北京生まれの詩人。
（一九五六〜一九九三）

「聞いた話じゃ、向かいの寺も取り壊すらしい」

「まさか？」

「あの寺は百年も前からあったっていうのに。うちの婆さんが子供の頃、あそこでお参りしてたんだから」

「まったく……」

「壊すなら壊せばいいさ。どのみち、わたしらにはどうにもできないんだ」

傍らでそのやり取りを聞いていた彼は、話には加わらなかったものの、いささか感傷的な気分になった。


雨が一段と強くなった。彼は軒下へ身を寄せた。黄色いヘルメットをかぶった作業員が、タバコをふかしながら通行人と軽口を叩いている。「このご時世、何でもありだ。さっき若い娘がやってきて、煙突の取り壊しで出たレンガを買いたいって言うじゃないか。欠けたものもひっくるめて、七十二個。それに親方は五百元よこせだと」彼は大げさな表情を浮かべながら、五本指を突き出し、「ところが、その娘ときたら値切りもしやしない。あんな古いレンガ、どうするっていうんだか！」

通りをすっかり湿らせた雨が、今度は彼の靴へと跳ね上がり、じわじわとその表面を濡らしつつあった。彼はただそれを眺めているだけで、足を引っ込めようとはしなかった。春の雨はしっとりとして温かだ。彼はしとしとと降る雨に手を差し伸べた。時がこの季節で止まるなら、それも悪くない。時が止まれば、すべてが止まり、みんなも心安らかになるだろう。そんなことを考えていた。

彼はため息をついた。その眼差しはどこか虚ろだ。三年前、妻に先立たれてから、彼は明らかにものの見方が変わってしまった。はたと、自分が老い、衰え、思考力がむざむざと大方奪われてしまっていることに気付いた。家には三つの鏡があり、一つは二十年余り壁に掛けられ、一つはテーブルの上に、もう一つは娘の部屋に置かれていた。彼はテーブルに置かれていた鏡を棚の中にしまい込み、壁に固定されていた鏡は、外せば割れそうだったため極力見て見ぬふりをした――鏡に映ったぼさぼさの頭や、日に日に老け込んでいく顔など目にしたくはなかったのだ。一昨年の秋、娘が嫁ぎ、家には彼一人が残された。娘は、彼が空いた部屋を貸し出し、その家賃収入で気晴らしに夕陽紅旅行社*のツアーに参加することを望んでいた。暗に、新たな連れ合いがほしければ、あまり嬉しくはないが、止めもしない、といったようなことも言ってよこした。しかし、彼は部屋を貸し出したりはしなかったし、連れ合いを探す気もなかった。娘の部屋が残っていれば、部屋がそのままになっていれば、娘が恋しくなった時、中に入って腰をおろし、部屋の様子を眺めることができる。そうすれば、寂しさも少しは和らぐだろう――ただそう思っただけだった。

昨夜、一人テレビドラマを見ていると、病の床に臥した余命幾ばくもない男が娘にこう言った。「人の一生は、十年でお札一枚分だ。一枚使うごとに一枚減っていく。俺はまだ七枚も使っていないのに、神様はもう俺の口座を閉じちまった……」男の言葉が重石のように彼の胸に重

*夕陽紅旅行社　シルバー向けの旅行ツアーを企画する旅行会社。

くのしかかった。彼はテレビを消すと、中庭に出て腰を下ろし、そのまま長いこと座っていた。自分はまるで打ち捨てられた枯れ木のようだと思った。人の一生の、なんと儚くむなしいものか。顔を上げ夜空に浮かぶ月を見ていると、臨終の時の、苦しみに歪む妻の顔が見えた気がした。彼が今、唯一悔やんでいることは、三年前、病床で苦しむ妻を前に為す術もなく、ただ木偶の坊のように人知れず涙を拭うことしかできなかったことだ。

その夜、彼は一晩中ベッドの上でうつらうつらしていた。熟睡できないのはいつものことだ。睡眠導入剤を二錠飲み、なんとか夜明けまで眠った。それでも、窓越しのどんよりとした空を眺めていると、これから始まる一日をどう過ごしたものかと途方に暮れた。食事や昼寝、読書、テレビ、散歩、やることと言えばそのくらいだ。娘が嫁ぐまでは、娘のために料理や洗濯に精を出し、仕事から帰ってきた娘に「お父さん」と呼ばれると、心に張りを感じたものだった。しかし、娘が嫁いだ今、手足は宙に浮いているかのようで、生活から重心が失われてしまった気がした。もう台所のドアを開けようという気もおきない。料理や食事の時間は不規則になり、自分からは隣近所に世間話をしに行こうとも思わなくなった――もう数十年の付き合いだ。今さら何を話すことがある？

簡単に身支度を済ませ家を出ると、彼は胡同の入り口にある小吃《シャオチー》*店に入り、油条《ヨウテャオ》*と漬物を買って豆腐脳《ドウフナオ》*を一杯食べた。顔を上げると、煙突は一晩のうちにすっかり姿を消していた。視線を遮る煙突がなくなり、前より遠くまで見渡せる。だが、それがどうだっていうんだ？

*小吃
小さな店や屋台で出す軽い一品料理

*油条
棒状の中華揚げパン。朝食の定番。

*豆腐脳
温かい豆腐の上に餡などをかけた朝食の定番。

空はすっかり晴れ上がっていた。彼は布団を抱え中庭に出ると、物干し用のロープに布団をかけた。それだけのことで背中が汗ばむ。彼は腰をおろし、タバコを取り出した。すると目の前に女の子が一人姿を現した。ふらふらしながら自転車を押している。カゴの中は荷物でいっぱいだ。彼女は自転車を停めると、隣人の家の前に行き、ドアをノックし始めた。軽く二度叩き、数秒待って再び二度叩く。そして、ふと振り返った先に彼の姿を認めると、かすかに笑みを浮かべた。

「お嬢さん、そこの家は普段こっちにはいないんだ。今はたぶん郊外の方だろうよ」彼はそう声を掛けた。

「そうなんですか……」彼女はほんの少し後ろに下がると、彼を見てこう尋ねた。「おじさん、じゃあ、お宅は四七番地、ですよね？」きれいな声だ。彼が頷くと、女の子は自転車のカゴから新聞紙に包まれたものを取り出し、ゆっくりと近づいてきた。彼は立ち上がると、女の子を見て、自分の娘よりもいくらか若そうだと思った。

「おじさん、これ、差し上げます」女の子が手にしていたものを差し出した。

「なんだって？」彼は少々面食らった。

女の子が新聞紙を広げると、赤レンガと煙突の写真が目に入った。レンガには「豆瓣《トウバン》胡同四十七番地」の文字が並んでいる。レンガと写真を受けとったものの、彼はその意味を測りかねていた。

「おじさんはここに住んでどのくらいになるんですか？」

「四十年余りだよ」

「このレンガ……煙突の解体で出たものなんです」

「ほう……」彼はまだ少々戸惑っていた。

「これをもらってほしくて」女の子はそう続けた。

「なぜだい？」

「煙突の思い出を……とっておいてもらいたいんです」

彼は目をパチクリさせたが、はたと合点がいった。「よし、わかった！」

「ありがとう」

彼は笑いながら手を振った。「礼には及ばんよ」

「でも、やっぱり感謝しなきゃ。おかげで芸術活動を一つ完了できたから」

「芸術活動？」

女の子がうなずく。「この胡同には七十二世帯住んでいるので、レンガを七十二個買って、一軒一軒、配って回っているんです。もうレンガ四十七個と写真四十七枚を配り終えました」

七十二世帯。これだけ長いこと住んでいて、正確な数を知ったのは今日が初めてだった。ただ彼も、ここ数年、隣近所で部屋を貸し出す家が増え、胡同に大勢の地方出身者が住むようになったことは承知していた。

「お嬢さん、さあ座って。お茶でも飲んで行きなさい」彼は椅子を持ってくると。女の子を座らせた。傍らでお茶を入れていると、女の子が口を開いた。「二ヶ月前、ニュースで豆瓣胡同の先にある煙突が取り壊されることを知って、胡同に小さな部屋を借りたんです。この芸術活動をするために」

「君一人でかい？」

「はい」

「このレンガはかなり重いだろう」

「大丈夫です。芸術のためなら、このくらい、へっちゃらなの」

芸術。その言葉が彼の心に深く突き刺さった。心のどこかで、芸術というのは絵画や音楽、映画、彫刻、文学作品といったものだけだと思っていた。彼はコップを台の上に置き、改めて手にしたレンガをしげしげと見つめた。「芸術……私にはよくわからんが……」彼はいくぶん申し訳なさそうに、「これは、どういった芸術活動なんだい？」

「生活の中から生まれて、生活の中に消えていく芸術です」

「生活の中から……生活の中に……」そうつぶやくうちに、彼の脳裏にかつての上山下郷運動*の記憶が蘇ってきた。農村から生まれ……農村に消えていく……。彼はフッと微笑むと、タバコに火をつけた。

「おじさん、芸術はどこにでも存在しているんです。生活と同じように……そして生活と同じように、やがて消えてなくなって、思い出になるんです」

女の子の言葉に、彼はあれこれと考えを巡らせたが、やはり完全には理解できなかった。

「この辺りで部屋を借りたのかい？」

「すごく狭いところですけど。ものを書いたり、レンガを置いたりするのに使っているんで

＊上山下郷運動
文化大革命期の中国で行われた、都市部の青少年を農村に送り出し、肉体労働をさせることで、思想教育を進める政治運動。

す。外に置いておいたら濡れちゃうと思って。十五番地です」

十五番地なら、この近くだ。彼は頷いた。

「おじさん、レンガと写真を持っていてください。写真を取りたいの。いいですか？」

「ああ、いいよ」彼は女の子の腕にいくつもの引っかき傷があることに気付いた。赤茶けた粉までついている。

女の子は写真を撮り終えると、腰を上げた。「そろそろ行かないと……。そうだ、おじさん、お隣のレンガ、ここに置かせてもらえたらと思うんですけど。それで、お隣が戻ってきた時、渡しておいてほしいんです。いいですか？」

「構わんよ」

「ありがとう、おじさん」

女の子はレンガを持ってくると、テーブルの上に置いた。顔に浮かんだ笑みに、女の子の額に滲む汗のしずくまで笑っているかのようだ。自転車を押しながら歩いていく女の子を見つめながら、彼は気持ちが晴れやかになっていくのを感じた。はたと思いつき、大声で女の子に呼びかける。「お嬢さん、他にも留守の家があったら、ここに置いておくといい。私が代わりに届けてあげるから」女の子は足を止め振り返ると、口をきゅっと結び、力強くうなずいた。

彼は何とも言えない複雑な気持ちで、写真とレンガをさすっていた。丸々三十四年。この胡同に住み、ここで結婚し、娘を授かった。そして娘は成長し、妻はこの世を去った。あの煙突は、若造だった彼が少しずつ老境へと向かっていくのを見守ってきたのだ。男は年を取ると、意気地もなくなってしまう。彼はただ、それがこんなにも早く訪れるとは思ってもみなかった。まるで、彼にこれっぽっちも未練などなかったかのように、数十年も彼の中にいたことにうんざりし、できるだけ早く逃げ出したかったとでも言わんばかりに、あっという間に消え去ってしまったのだ。

彼はレンガと写真を本棚に置き、女の子の言葉を反芻した。「芸術は生活と同じように、どこにでも存在する……そして、生活と同じようにいつかは消えてなくなって、思い出になる」彼は目を細め、あれこれと思いを巡らせた。

夕暮れ時、娘が家に戻ってきた。彼の好物のタチウオを持ってきたのだ。彼は喜び勇んで狭い台所に立ち、娘のために腕をふるい始めた。すると本棚のレンガと写真に気づいた娘が父親の方を振り返って言った。「お父さん、うちにもこのレンガ、あったのね」

「女の子がくれたんだよ。芸術家の」

「お金を騙し取られたりしなかったでしょうね？」

「金を取る？」彼は笑顔のまま、つぶやくように言った。

「さっき、レンガのことを話している人たちがいたんだけど」

「それで？」

「かなり変わった子みたいよ、その子。レンガと写真、捨てちゃった人もいるって」

彼は包丁を置き、声を荒げた。「そんなことを言うのは、きっと地方から来た連中さ。あいつらは何もわかっちゃいないんだ。連中の話なんかに耳を貸すんじゃない。あの子はいい子だよ。芸術をやってるんだ。」

「芸術？」娘は声をあげて笑った。「この胡同に芸術ですって？」

彼はそれ以上何も言わなかった。鍋の中の油がふつふつと滾っている。あとはタチウオを入れるだけだ。娘が携帯に目を通しながら言った。「お父さん、今日は家で食べるのやめるわ。今、上司からショートメッセージがきて、クライアントの相手をしてくれって。それじゃあね」。彼は滾る油を見つめたまま、かすかに眉をひそめたが、娘の足音が遠ざかっていくのがわかると、ため息をつき、ガスを止めた。そして、ビニール袋を探し出しタチウオを入れると、部屋に戻り冷蔵庫にしまった。

彼は手を洗った。ひたすら洗い続けた。まるでそれが今夜すべき最も重要なことでもあるかのように。そのまま顔を洗ったが、皺を伝ってしたたり落ちる水滴を拭おうともしなかった。辺りは徐々に暗くなり、どこかの家から聞こえてくる笑い声に、ますます虚しさがこみ上げてくる。テレビをつけ、いくつかチャンネルを合わせたが、またすぐに切ってしまった。部屋の中はとても静かだった。タンスの上に夫婦で撮った写真が置いてあり、妻が彼に向かって微笑みかけている。まるで「こっちは元気でやってるから、心配しないで」とでも言っているかのようだ。こんな時はタバコを吸って、気を紛らわせるしかない。しかし、タバコの箱を掴むと中は空っぽだった。彼は更にタバコを探したが、箱の中はやはり空だった。不意に怒りがこみ上げ、腰掛けを蹴飛ばすと、彼は放心したようにその場に立ち尽くした。二、三分も経っただろうか、彼はのろのろと腰をかがめ、腰掛けを元に戻し、タバコを買いに家を出た。大通りを行き交うのは見知らぬ連中ばかりだ。

胡同はすっかり夜の帳に包まれていた。彼はあてもなく歩き続けた。十字路を二つ、三つ過ぎたあたりだったろうか、人の流れに乗って右に曲がり、横断歩道を渡ると、今度は左へと進む。そうやって知らず知らずのうちに、堀の近くまで来ていた。あたりは大勢の人でごった返し、顔もよく見えない。彼は手すりに沿って進み、少し離れた静かな場所で足を止めた。水面には対岸のビルの上のネオンが映り込み、色とりどりの光がさざなみとともにゆらゆらと揺れ、何かの模様を形作っては、すぐまた崩れていく。水面を見つめているうちに、彼の瞳から生気が失われていった。光の模様はあたかも彼に暗示をかけ、こう誘《いざな》っているかのようだった。連れ合いはこの世を去り、娘は成長した。もう何の気掛かりもない。飛び降りてしまえ。飛び降りてしまえ……。彼は目をつむった。足元がふわふわする。彼を持ち上げ、手すりの向こうへと押しやろうとする力が生まれつつあった。耳元で唸る蚊までもが、歓呼の声を上げているかのようだ。彼は心が軽くなるのを感じた。と同時に、深い悲しみがこみ上げてきた……追いかけっこをしていた三、四人の子どもたちがぶつかってきて、ハッと我に返る。彼は手すりをぎゅっとつかみ、腰をかがめた。額には汗がじっとり滲んでいる。彼はそれ以上、水辺にいるのが怖くなり、慌てて道路脇まで移動し、三輪タクシーをつかまえた。

彼は死の解放感を感じることもなかったが、かと言って、生きていく理由も見いだせなかった。街の光が目の前でゆらゆらと揺らめいていたが、そのきらびやかで魅惑的な雰囲気は、彼とは無縁の世界にあった。三輪タクシーの運転手はひたすらペダルを漕ぎながら、鼻歌を歌っている。彼はふと、力仕事で金を稼ぐ目の前の若者が羨ましくなった。この若者には養うべき家族がいる。それが、この若者が生活を営み続ける最大の理由だ。事実、彼自身、これまでずっと苦労が絶えず、たいした稼ぎもないその日暮らしの毎日だったが、それでも生活には張りがあった。彼は目を閉じた。思い切り酔いたい気分だった。

胡同の入り口で三輪タクシーを下りると、彼は倍の料金を払った。運転手は怪訝な顔をしたが、彼はいいから、と手を振った。大通りは明かりで煌々としていたが、胡同はことさら薄暗く、街灯には蛾の大群が群がっている。彼は不意にあの女の子に会いに行きたくなった。彼女が住んでいる十五番地は、すぐ先の野菜市場の左手にある狭い胡同の中だ。彼は足取りを早めた。十五番地は大雑院*で、入り口は開けっ放しになっている。そこに座っていた小さな犬が、彼に向かってしっぽを振った。明かりのついた窓をたどって中に入っていくと、戸を開け出てきた女性に鉢合わせ、あやうく悲鳴を上げられそうになった。「な……何の用だい……」女性の声が震えている。

「すぐそこに住んでる者だよ……知り合いに会いに来たんだが……」

彼が誰かわかったらしく、女性は暗がりの中、頷くと、すぐに戸を閉め通してくれた。

そのまま奥に進んでいくと、明かりの点いた小さな窓が目に入った。そっと近づいていくと、女の子がレンガに何かを書いているのが見えた。あろうことか胸がどきどきしてくる。女

＊大雑院
何世帯もの家族が住む大所帯の四合院。

りの子が不意に伸びをしたので、彼は慌てて息を止め、わずかに後退った。そして再びゆっくりと近づいていくと、視線を移した。テーブルの上に、インスタントラーメンや飲みかけのミネラル・ウォーター、口の開いたクッキーの袋が置いてある。彼は、この後自分が何をすべきなのか分からなかった。一瞬、食べるものでも買ってきてやろうかと思ったが、あまりに唐突すぎる気もした。驚かせるのではないかと、ドアをノックすることもできない。ひとしきり悩んだ末、結局そのまま立ち去ることにした。

歩き出した彼の表情は明るかった。人気のなくなった胡同は相変わらず暗く、レンガに軽くつまずいてしまったが、彼はこれまでのように毒づいたりせず、腰をかがめ、半分に割れたレンガを拾い上げた。胡同の光で、レンガに書かれた四つの文字が見えた。「豆瓣胡同」。番地は消えてしまっている。彼にはわかった。これは捨てられたレンガだ。彼は自宅に向かった。隣の家は相変わらず明かりが消えたままだ。扉の前でしばらく耳をそばだてていたが、やはり物音はしなかった。彼は家に戻ると、部屋の中でしばらく立ち尽くしていた。女の子の姿がちらつき頭から離れない。寝る支度を済ませ、ベッドに横になっても、女の子の影が目の前でゆらゆらと揺らめいていた。かすかな春雷の音がはるかかなたから響いてくる。どうやらまた雨になるようだ。彼は目をつむったまま、口元に笑みを浮かべていた。そうして彼が徐々に眠りに落ちていった頃、時刻はすでに真夜中になっていた。

雨は夜の早い時分、シトシトとしめやかに降り始めた。そして次の日の朝、雨は止んだ。不意に、夢うつつの中、女の子の声が聞こえてきた。「おじさん……いますか？」ハッと目が覚め、慌てて身体を起こし返事をする。「いる！　いるよ！」ベッドから出て服を着ると、顔をさすって力まかせに髪をなでつけ、ドアを開けた。ところが女の子の姿が見当たらない。家の外に出てみたものの、あたりはしんとしている。軒先の雨水が腕に落ちてきて、さっきのは夢だったのだと気付かされた。しょんぼりと部屋に戻り、ベッドの端に腰を下ろしたが、眠気はすっかり覚めてしまっている。女の子はレンガを配り終えただろうか。彼はそんなことを考えていた。

洗顔を済ませると、彼は取るものも取りあえず十五番地に向かった。女の子は部屋にいなかったが、赤レンガが五、六個、窓の下に置かれている。昨晩、鉢合わせになった女性が流し台のところでモップを洗っていた。彼女は身体を起こすと「昨日来た人だね。あの子は出ていったよ。今朝、早くに」と声をかけてきた。

「そうかい」彼は振り返って女性の方を見た。

「あの子の知り合いかね？」

彼はなにか言いかけたが、そのまま門の外へと向かった。女性の声が、後ろから追いかけてくる。「あの子も本当に大変だよ。たった一人で一軒一軒レンガを配ってるっていうのに、有り難がるどころか、捨てちまう連中もいるんだから」彼は足を止め、振り返った。

「いらないからって、捨てるこたあないだろうに」女性はそう続けた。

「ああ！　そうとも！」

「窓の下にあるのは、あの子が拾って帰ったレンガだよ」

「彼女は戻ってくるかな？」

「もう戻ってこないんじゃないかね。部屋の中もすっかり片付いていたから」

「その……レンガをいくつかもらおうと思ってね」


　女性は一瞬ぽかんとしたものの、笑顔になり、下を向いてそのままモップを洗い続けた。彼はそそくさと数歩前に進んでしゃがみ込むと、渾身の力を振り絞ってじっとり湿ったレンガを抱え上げ、そろそろと外に運び出した。道端に三輪タクシーが停めてあったので、両腕をサドルにあずけ一息つき、呼吸を整える。こんな力仕事をしたのは何年かぶりだ。家に戻り、レンガを慎重にテーブルの上に置くと、彼はどっかと座り込み、ゼイゼイと息をついた。両手両腕は粉だらけで、しかも小刻みに震えている。彼は茶碗を掴むと、一気に飲み干した。目の前のレンガは確かにそこに存在していた。大変な思いをして持ち帰ってきたのだ。それにしても、なぜこんなことをしたのだろう。自分に説明のつく答えを見つけたかったが、どうにもよくわからなかった。それでも彼は笑った。そして、長いこと笑い続けていた。

　レンガに書かれた番地は、すでにかすれてしまっていた。それでも一生懸命目を凝らすと、かすかに六十七番地の文字が見えた。これは孫《ソン》さんの家の番地だ。他の番地は、どんなに頑張っても判別できなかった。彼は新聞紙を探してきてレンガをくるむと、部屋を出て、孫さんの家へと向かった。彼は、自分の気持ちを押えきれなかった。これは彼が今日、絶対にやらなければならない仕事だ――そうでないはずがない。そう思った。孫さんは扉を開けるなりこうぼやいた。「まったく、おまえさんときたら、顔を拝むのも一苦労だ！」彼はそんな孫さんを指差し、手にしていたレンガをテーブルの上に置いた。

「なんだこりゃ」

「あんたが捨てたのを、拾ってきてやったんだ」

「俺が捨てたもの？」

「本当に思い出せんのか？」彼が新聞紙の包みを開くと、中から赤レンガが姿を現した。彼は続けて言った。「胡同の向かいに三十年以上立っていた煙突が、この間、取り壊されたろう。そのレンガを女の子が買い取って、みんなの記念になるようにって配ってくれているんだよ」

「思い出したぞ！」孫さんは額を叩くと、「あの日はちょうど留守にしていたもんだから、うちの貸家に新しく越してきた奴が捨てちまったんだ。事情を知らないもんだから、頭のおかしな娘が、毒のついたレンガをよこしたと勘違いしたのさ！」

彼は首を横に振り、孫さんを見て言った。「孫さんよ、俺達はあの子に感謝しなきゃいけない。あの子に下心なんてないんだ。ただ、昔の思い出を残したいと思ってるだけさ。これはあの子の厚意なんだよ。それと、このレンガは……芸術でもあるんだ」

「芸――術？」孫さんは間延びした声で聞き返した。

「芸術だよ」

孫さんはゲラゲラと笑い出した。「わからんね。こんなレンガのどこが芸術なんだ」

「俺は、考えれば考えるほどこれは芸術だって気がしてきたよ」彼はそう言って、赤いレンガをさすった。

孫さんは大きく目を見開き、親指を立てた。「兄弟、大したもんだ！」

彼はふっとため息をついて言った。「この胡同に住んで何十年にもなるが、正直、芸術のことなんて考えたのは初めてさ……」彼は首を振った。徐々に口調が弱々しくなっていく。「本当に、初めて芸術について考えたんだ」彼はそっとレンガを撫でると、腰を上げた。

「このレンガは受け取った。安心しろ！」

「ちゃんと、とっておいてくれよ！」

「もう行くのか。一服していったらどうだ」

彼は手を振ると、何も言わずに立ち去った。


その後、彼は心穏やかな日々を過ごしていた。本棚に飾られた赤レンガはきれいに拭かれ、表面の筋や模様がはっきり見える。このレンガを眺めたり、匂いを嗅いだりしていると、想像の世界がどこまでも広がっていく。ただ、彼はまだ女の子の名前を知らなかった。彼にはそれが残念でならなかった。この日、娘が家に帰ってきて、本棚のレンガが増えていることに気づいた。顔色がさっと変わる。処分しようとするのを阻止したものの、二人はそのことで言い争いになり、娘はカッカして家を後にし、彼は一晩中まずい酒を飲むことになった。

彼は自分がいつベッドに入り、眠ってしまったのか、わからなかった。夜半過ぎ、ふと目が覚めた。全身がこわばり、筋が痛む。部屋の明かりはつけっぱなしで、扉は半分開いたままだ。

床には酒の空き瓶とコップが転がっている。彼は目を閉じた。体を冷やし、風邪を引いたようだ。風邪薬は引き出しの中にあり、手を伸ばせば届く距離だったが、彼は薬を取ろうとはしなかった。胸がむかつき、ひっきりなしに吐き気が襲ってくる。彼はベッドの端から首を垂らし、何度も空吐きした。この時の夜はこの上なくひっそりとしていて、まるでバケツいっぱいの冷水のように、胸の奥に溜まっていた悲しみや寂しさを部屋中に押し流し、彼の目元までをも濡らした。彼はこのまま眠り続けていたかった。こんなふうに、うとうととしたまま眠りにつき、二度と目が覚めなければいいと思った。

ぼんやりと目を覚ました頃には、すでに正午を回っていた。部屋の灯りは消えていた。彼はやっとのことで身体を起こすと、ゆっくりベッドから下り、服を来た。すると、女の子が一人、扉の向こうに立っているのが目に入った。

「君は……」彼は戸口に向かった。

女の子が振り返り、笑って言った。「おじさん、目が覚めたんですね」

あの女の子だとわかったものの、彼は自分の目が信じられなかった。身体が衰弱して力が入らず、彼は戸の框《かまち》を掴んでいた。女の子は慌てて彼を支えると、「おじさん、具合が悪いんですか？」と尋ねてきた。

「昨晩、体を冷やしてね……」

「薬は飲みましたか？」

彼は首を横に振ると椅子に腰を下ろし、傍にあった引き出しから風邪薬を取り出した。女の子が水を注いでくれる。彼は、女の子を見ずに茶碗を受け取った。あるいは、努めて女の子の視線を避けていたと言うべきかもしれない。彼は薬を口に含み、茶碗の水をすっかり飲み干すと、深々と息を吐いた。

「写真を届けにきたんです」女の子は写真を取り出し、彼の眼の前にかざしてみせた。写真の中の彼は、片方の手にレンガを、もう片方の手に写真を持ち、にこやかに笑っている。その後ろにあるのは、草の垂れた古い塀だ。女の子の姿とその明るい口ぶりで、彼はだいぶ元気を取り戻した。

「お嬢さん、その……名前はなんというんだい？」

「夏天《シア・ティエン》＊です」

「夏天？」彼は自分がちゃんと聞きとれなかったのかと思った。

「夏天です。小夏《シャオ・シア》って呼んで下さい。もしくは小天《シャオ・ティエン》か。どっちでもいいですよ」

「よし……わかった……」そう答えたものの、彼は夏天の方が素敵だと思った。

夏天がふと本棚のレンガに気付いた。彼女はすぐに近寄っていったりせず、息を押し殺している。

「夏天、ありがとう……」彼は心の底からそう言った。

「何がですか？」

「君の……君のおかげで、この胡同に芸術が生まれたんだ……」

夏天はうつむいて笑った。

＊夏天
中国語では夏天の二文字で夏を意味する。

「この胡同も、いつなくなってしまうかわからないがね……」彼の声がか細くなっていく。

「何日かしたら、奥のお寺も取り壊されてしまうそうです」

「そうか……」

夏天は視線を上げ、彼の方に目をやりながら「おじさん、おじさんはこういった芸術は好きですか？」

彼はうなずき、笑った。「好きだよ。よくはわからんがね」

夏天も笑顔になる。

「私には娘がいるんだ。君より少し年上の」

「私は今年、二十五です」

「うちの娘は二十九だよ。遅くにできた子でね」

「へえ」

「娘は去年結婚したんだが、君はまだだろう？」

「はい」

「ボーイフレンドはいるのかい？」

「ハーラン〔オランダのこと〕に」

「河南《ハーナン》？」

「彼、オランダ人なんです。」

彼はうなずいた。「何をしている人かね？」

「芸術を。彼、芸術家なんです」

「君は何の仕事をしているんだい？」

「決まった職には就いていません。今やっていることが私の仕事です」

「よくわからんのだが」

「私、芸術家になるのが夢なんです」

「それでお金は稼げるのかい？」

夏天は笑って「この仕事は、逆にお金がかかるんです。だから、アルバイトをしてお金をためて、それで作品作りをしています。私と彼には共通の夢があるんです」

彼は考え込んでしまった。

「大学を卒業した後、安定した仕事に就くこともできたんですけれど、私は自由が好きだし、空想したり、何気ない日常の中から一風変わった面白いものを見つけたりするのが好きなんです。だから彼にはすごく感謝しています。彼に出会っていなかったら、こんな生活をしようなんて思わなかっただろうから」

彼は夏天を見ながら、次の言葉を待った。

「彼の作品を見てみますか？」

「ああ！　見るよ！」

夏天はリュックからパソコンを取り出しテーブルの上に置くと、フォルダを開き、いくつもある画像を一枚一枚、丁寧に見せてくれた。一つ目の作品は「風車」だ。彼の目に、ヨーロッパの美しい景色が飛び込んできた。花や白い雲、羊の群れ、林、そして何列にも並んだ風車、田園の中にそびえ立つその姿は、いかにも威風堂々としている。風車の羽の部分にはいくつもの四角い大きな鏡が取り付けられており、風車が回転すると、大きな鏡も回り、キラキラと光を放っている。そして鏡の中には、白い雲が、遠くに見える羊の群れが、自動車が、道行く人が、逆さまになって映っていた……彼はすっかり魅了されていた。ただこの時は、単に神秘的だと思っただけで、なぜ風車に巨大な鏡を取り付けるのかはわからなかった。万一、鏡が割れたらどうするのだろう？

彼の疑問を察した夏天は彼に、芸術家にとって、この世界は常に多面的なのだと言った。私たちは大自然の美しさを目にすることができますが、私たちの見ている大自然は常に平面的で、部分的なんです。言い方を変えれば、私たちの目に映る美しさ、あるいは憂いや悲しみは、その一部でしかないってことです。人の認知能力には限界があるから。でも、風車に取り付けた鏡によって、私たちはそれまで見たことがなかったものを見たり、これまで気付けなかったことに気付けるようになるんです。もちろん、鏡はもろくて、壊れやすいけれど、鏡に映るこの世界だって、ねじ曲がっていて、もろく、壊れやすいでしょう？　夏天の説明を聞いて、彼はだいぶ理解できたような気がした。

二つ目の作品は「ウォーターベッド」だ。そのタイトルを見て、彼はこう言った。「ウォーターベッドなら知っているよ。家具売り場で見たことがある」

夏天はくすりと笑うと、フォルダを開き、作品の動画を再生した。清潔感のあるヨーロッパの街並み、晴れ渡った空、緑鮮やかな木々、そして大勢の男女が楽しげに歩いている。画面が通り脇の池に移った。十数人の作業員が巨大な芝生のシートを引きずってきて、ゆっくりと池の上を覆っていく。そしてその場に屈みこみ、工具で芝生のシートを固定すると、さっとその場を離れた。通りすがりの若者がまず引き寄せられるように近づいてくる。彼はあたりを見渡すと、試すように芝生に足を踏み入れた。たちまち芝生が沈み込み、次の瞬間再び元に戻る。若者はびっくりしていたが、その後、危険ではないと思うと、思い切りよく寝転がり、芝生の上をごろごろ転がり始めた。その動きに合わせ、芝生が上下に波を打つ。まるで緑のさざなみのようだ。道行く人が次々とやってきて、芝生の上を歩き始める。芝生は沈んでは跳ね上がり、また沈んでは跳ね上がる。それと共に彼らも皆、一斉に笑い出した。

その様子を見ているうちに、彼はくらくらするような楽しさを覚えた。自分も芝生の上を歩きたい、寝転がって瞳を閉じ、顔いっぱいに日差しを浴びたいとも思った。まぶたの上でキラキラきらめく光は、水面に揺れる静謐な光のようだろう。彼は目を閉じた。感動で胸がいっぱいだった。目を開くと、作業員たちが芝生のシートを運び去っていくところだった。池は再びもとの姿を取り戻した。辺りは静まり返っている。人っ子一人いなくなり、まるで何事もなかったかのようだ。

「君の……」彼は一瞬ためらった後、「君の言ったことがわかったような気がするよ……生活の中から生まれて、生活の中に消えていく……」彼はタバコを一本取り出したが、ちらりと夏天を見ると、また戻そうとした。

「吸ってください。構いませんから」

彼はタバコに火をつけた。表情が徐々にゆるんでいく。「確かに芸術家だよ！　芸術家じゃなけりゃ、思いつかない！」彼はしきりに感心し、興奮した表情で、「私もこんなことをやってみたいよ。年も年だし、だめだろうけど……」彼は自嘲気味に笑った。

「本当にやってみたいですか？」

彼はコクリとうなずいたが、すぐに手を振って、「いや無理だよ。そんな才能ないんだから」

「やってみたらいいのに」

彼は続けざまに首を横に振った。意外にもはにかんだような表情を浮かべながら。

「芸術も生活の営みの一つで、こうした営みで生活により愛着がわくんです」

彼は夏天を見ながら目をパチクリさせた。

「生活の中で一番身近なものを思い浮かべてみて下さい。そこに必ず芸術のアイデアが隠れていますから」

「一番身近なのはこの胡同だよ」彼はきっぱりと言った。

「じゃあこの胡同から始めましょう」夏天は笑いながらそう答えた。

彼はしばらく黙り込んでいたが、突然目を輝かせ、夏天に聞いた。「どんなアイデアでもいいのかい？」夏天は彼を見ながら「理論的には。この胡同は住宅街だから、簡単で、すぐにできる芸術活動をいろいろ考えてみたらいいと思います。たくさん道具を使ったり、今の環境を変えたりする必要がなくて、それでいて、意表を突く新しさや、ひと味違った胡同の雰囲気を感じてもらえるような……」実はこの話をしている時、夏天の脳裏に浮かんでいたのは自分の父親だった。それで眼の前にいるこの男性に、なんとか芸術活動を一つやり遂げさせてやりたくなったのだ。彼女は頭をフル回転させていたが、その顔に次第に笑みが浮かんできた。

「何を笑ってるんだい？」

「ええと……私も今、芸術のアイデアを考えていたんです」彼女はちょっぴり得意げだ。

「どんな？」

「まずはおじさんのアイデアを聞きたいわ」

「私……私なんかにできるかな？」

「やってみなきゃ、できるかできないか分からないでしょ？」夏天はいたずらっぽく笑った。

夏天は彼に電話番号を教えると、荷物をリュックにしまい、帰り支度を始めた。夕飯をごちそうしたかったが、夏天は今度会った時にしましょう、と言った。二人は三日後に会う約束をし、それぞれ思いついた胡同アートのアイデアを持ち寄ることにした。彼は夏天を胡同の外まで送ると、彼女がゆっくりと遠ざかり人波に消えていくのを見つめながら、胸の中でこうつぶやかずにはいられなかった。「ありがとう……ありがとう……」。彼は来た方に向き直り、静寂に包まれたその細長い胡同を見つめた。午後に見た芸術活動の写真や映像が頭の中に浮かんでは消えていく。彼はいてもたってもいられず、もう作品のアイデアを探し始めていた。

豆瓣胡同。壁に打ち付けられたその四文字が目に入り、ふと一つ目のアイデアがひらめいた。スーパーで豆瓣醤《トウバンジャン》を数十袋買って、胡同の入り口で配るのだ。住民ではなく、通りがかりの人たちに。そして、この巨大な都市にも、「豆瓣胡同」という小さな通りがあったことをしっかりと記憶に留めてもらうのだ。このアイデアはどうだろう？　彼はその場に突っ立ち、顔を上げ、ぽかんと口を開けたまま胡同の標識を凝視していた。その姿は一見、ただの腑抜けのようだった。彼は考えれば考えるほど、このアイデアが現実的で、うまい考えだと思えてきた。彼はウキウキしながら小さな食堂に入り、二鍋頭《アルグオトウ》＊の小瓶と羊の頭の肉を注文すると、うまそうに食べ始めた。

　この夜、彼はぐっすりと眠った。しかし次の日の早朝、スーパーに入り、値札に十二元と書かれた豆瓣醤を目にすると、再び落ち着かない気分になった。五十袋買うには六百元必要だ。だが、彼の年金はひと月、千八百元しかない。あれこれ考えた末、夏天に電話をかけることにした。夏天はすごく良いアイデアだと言ってくれ、それを聞いた彼は大いに興奮した。しかし、彼はすぐに彼女の口ぶりにためらいの響きを感じ取った。「豆瓣胡同と豆瓣醤を結びつける、といったことは芸術の世界ではよく使う手なんですけれど……この芸術活動には、二つの最も基本的な条件が揃ってないとだめなんです」。

「どんな条件だい？」彼はいささか緊張した。

「実際にものを配る場合、配る数が一番重要になってくるんです。配る数が少ないと、参加する人も少なくなってしまうから」

＊二鍋頭　北京産の白酒（蒸留酒）。アルコール度数は五十度以上。

彼は黙り込んだ。どう反応してよいかわからなかった。

「おじさん？」

「……」

「聞いてますか？」

「聞いてるよ……豆瓣醤は一袋十二元だ。そんなにたくさんは買えないな」彼の口調に悲壮感が漂う。

「あんまりお金がかかるようなら、とりあえずこれはやめておきましょう。きっと、他にもいいアイデアがあるはずだから」

「だが……だが、私はこのアイデアがすごく気に入ってるんだ」

「気に入っているのとそれを実践するのは別ですよ」夏天は笑い出し、「私はもう考えがまとまりましたから。おじさん、頑張ってね！」

電話を切ると、彼は豆瓣醤売り場の前で長いこと立ち尽くしていた。店員が一人近づいてきて、何かご入り用ですかと聞いてきた。彼は、小さなパック入りの豆瓣醤はないかと尋ねた。一回分の小袋タイプのもので、小さければ小さいほど良いんだが。店員は笑いながら首を振った。彼はすぐにその場を後にしたが、ひたすらぶつぶつひとりごちていた。

空は暗くなってきたものの、まだ遅い時間ではなかったので、彼は胡同を一回りすることにした。露天の野菜売りや果物売りの前にもう人影はなかったが、小吃店は随分にぎやかで、若者が二人、腕まくりをして酒の強さを競っている。その口から出てくるのは荒っぽい言葉ばかりだ。小さな犬が二匹、追いかけっこをしている。すると後ろを走っていた犬がうかつにも自転車にはねられてしまった。かなりひどくはねられ、倒れたまま動かない。前を走っていた犬が引き返してきて、相棒の体を嗅ぎ回りながら、クンクン鳴いている。胡同にもう少し街灯があれば、街灯の光りがもう少し明るかったら、小さな犬がはねられることはなかっただろう。彼はそんなことを考えていた。

胡同の中はますます暗くなってきた。数十メートル先のカフェから、赤や緑、紫の入り混じった光が漏れ出ている。その入り口の前をゆっくり歩いていた時、中で座っていたカップルが口付けを交わす姿が目に入り、彼は思わず頬を緩めた。以前なら、そんな光景に気まずさを感じ、自分は歳を取ってしまったと、この時代ともこの街とも相容れなくなり、世の中から取り残されてしまったと嘆いただろう。しかし今、彼の気持ちにかすかな変化が起きていた。目の前で口づけを交わす若者に、彼のまなざしが和らぐ。同時に二人を祝福する気持ちが湧き上がり、ホーッと満足気な吐息を漏らした。そして、もと来た道を引き返そうとしたその瞬間、彼の目が、カフェの入り口に取り付けられていた色とりどりの電球に吸いよせられた。不意に、彼の頭に新しいアイデアが浮かんだ。カラー電球を買って、この胡同にぶら下げようと考えたのだ。二十メートルに一つぶらさげるなら、十個買えば十分だ。いくらもかからない。通り掛かりの人には明かりになるし、夜の胡同に活気も感じられるだろう。彼は興奮し、自分の芸術的センスに一人悦に入っていた。

胡同を出ると、大通り沿いに生活用品や金物を売る店が並んでいる。彼は百元でカラー電球を十個購入すると、満ち足りた気持ちで家路についた。道すがら、どの電球が壊れているのか、どの位置に新しい電球をつけるべきなのかを頭に入れる。ただ、このアイデアはとりあえず自分の胸にしまっておき、夏天には直接会ってから話すことにした。自宅に戻ると、彼は風呂に入りながら、歌を口ずさんでいた。そして半分まで歌ったところでようやく自分がもう何年も歌など歌っていなかったことに気付いた。

この日のために、彼は部屋を片付け、髪を切り、ひげをそった。服を小綺麗なシャツに替え、茶葉専門店で上等なジャスミン茶も買った。彼はきれいに茶器を洗い、テーブルの上に染付の茶碗二つと急須を並べた。午後の日差しがテーブルの上を照らし、そのまま床に彼の影を映し出している。楽しげな影だ。彼は期待に胸を膨らませていた。タバコに火を点けると、立ち上がった細い煙が日の光と交わり、壁にぼんやりとゆらめく模様を浮かび上がらせている。この時、世界は静謐で安らかだった。これはもしかすると、新たな始まりなのかもしれない。

夏天がやってきた。彼がまず目にしたのは彼女の影だ。慌てて立ち上がり、いささかしどろもどろになって言った。「夏……夏天……よく来たね！」夏天はリュックを背負い、腕にはダンボール箱を抱えている。彼女はそのダンボール箱を脇に置き、手の甲で汗を拭った。「おじさん、だんだん暑くなってきましたね」。

「さあ、お茶を飲んで」彼はそう言ったものの、慌てて言い直し、冷蔵庫を開けた。「ミネラル・ウォーターを出してやろう」

夏天は一気にミネラル・ウォーターをほとんど飲み干した。彼はその様子を見て、急に彼女のことが不憫になった。夏天は腰を下ろすと、クスクス笑って言った。「おじさんは本当にのめり込むタイプなんですね！」

彼は気恥ずかしそうに笑うと、床に置かれたダンボールに目をやった。「これは……」

「私の小道具です」夏天はちょっと得意げに首を左右に揺らした。

「小道具？」

「はい」

「私も買ったよ」彼は声を上げて言った。

「見せてもらえますか」

彼は引き出しから紙袋を引っ張り出すと、中からカラー電球を取り出し、一つずつテーブルの上に置いていった。それはそれは慎重に。夏天にはすぐにわかった。「私は……私は胡同にこのカラー電球を付けたいんだ……ここ数年、この胡同はとかく暗くて、重苦しい雰囲気だったから。それを変えたいと思ってね」彼は興奮した面持ちで言った。

夏天は、きゅっと口を結んでうなずいた。「どのくらい付けるつもりですか？」

「とりあえず十個つけて、電球が切れたら、また買おうと思う」

「うーん……」夏天が何やら考え込んでいる。

「どうかな？」彼は眉間を寄せながら尋ねた。

「おじさんは胡同の電気工になりたいんですか？」

「どういう意味だい？」彼は大いに困惑した。

「おじさん、アイデアは悪くないんです。ただ、そのアイデアが具体的すぎっていうか。型にはまりすぎっていうか」

「わからないな」彼はフーっと大きく息をついた。

「その芸術活動だと、次に何が起きるか、みんなすぐわかっちゃいますよ」

「……」

「こういった芸術活動は、既存のルールを打ち破る、意表を突くものでないと。それから、さっと実行して、その後、ぱっと消えるようなものでないとだめなんです」

その瞬間、彼はますますわけが分からなくなった。「君が言いたいのはつまり……電球を取り付けたら、そこで芸術活動は終わりで、電球が切れても交換する必要はないってことかい？」

「そんなところです」夏天はうやうやしくうなずいた。

「だが……胡同に明かりを付けたいっていう気持ちもあるんだよ。胡同の中はとにかくうす暗いし、不便だからね」

「おじさん、それはまた別の話ですよ。」

「いいアイデアだと思ったんだがな」彼はタバコに火をつけ、思い切り吸い込んだ。

「おじさん、おじさんは電球に電線をつなげられますか？」

「うちの電線の付け替えは、全部私がやってたよ」

「よかった！」夏天はそう言いながら、ダンボール箱を開け、中から細い電線一巻きと、白い瓶を取り出した。

「これは？」

「発光ケーブルと導電塗料です。おじさん、二人で力を合わせて胡同の照明装置を作りましょう」夏天がペンを取り出し、紙に図を描きながら説明する。「これが胡同です。ちょっと前に気が付いたんですけれど、胡同は夜になると、ものすごく暗くなるんです。特にこの辺り。ちょうど真ん中くらいなんですが、五十メートルの間、一つも電灯が付いていなくて。ただ、確認したら、この場所にちょうどソケットがあったんです。ここに発光ケーブルをつないで、それを下に引いて地面を横切らせましょう。それをもう一方の壁に貼り付けて、おじさんが買ってきた電球を両側の壁にぶら下げるの。これで、ようやく半分完成です。あとは、地面に這わせた発光ケーブルの周りに導電塗料を撒きます。そうすれば、通った人がそこを踏むと発光ケーブルと電球がキラキラ光って、足が離れれば発光ケーブルと電球がパッと消えるようになりますから」

彼は舌を鳴らし、しきりに感心したが、同時にこう尋ねた。「通った人は……肝を冷やさないかな」

夏天は笑って「怖がったりはしないですよ。不思議に思うだけで」

「じゃあ……じゃあ、その後は？」

「導電塗料の有効時間は六時間です」

「つまり、真夜中を過ぎれば、この芸術活動は存在しなくなる、消えてなくなる。そういうことだね？」

夏天はこくりとうなずき、笑った。彼も後を追うように笑った。


二人はこの日の夜にこの照明装置を作ることにした。日が暮れるまでの間、二人はいろいろな話をした。夏天は彼に、間もなくなってしまうあの寺で芸術活動をするつもりだと言った。彼女の構想は、ある芸術関連のファンドに認められ、責任者からは、成功すれば長期契約を結ぶという約束を取り付けたという。彼はそれを我が事のように喜んだ。と同時に、思わず「君のその芸術活動を、手伝うことはできるかな？」と尋ねた。彼女にどうしても感謝の気持ちを伝えたかったのだ。

夏天は少し考え、こう言った。「お寺は荒れ果ててほとんど使われていないし、お坊さん役をやってもらおうかしら」

「坊さん？」彼は笑うに笑えず、言葉に窮した。

「お坊さんになるには頭を剃らなきゃいけないし、やっぱりいいです。他の人に頼んでみますから」

彼が何も言わずにいると、夏天が口を開いた。「この芸術活動が終わったら、彼に会いにオランダに行くんです……」彼女はため息を付きながらダンボールから道具を取り出した。「もう三ヶ月会ってなくて……」

彼はなんと声を掛けていいのかわからなかった。

「おじさん、この小道具はおじさんへのプレゼントです。これで幸せな気持ちになってもらえたらいいんだけれど」

「これは何だい？」

「紙のお月さまです」

「紙のお月さま……」彼は折り畳まれた紙切れをさすった。

夏天が紙切れを広げると、紙切れはまん丸い球体になった。球体の上には穴が開いており、中にソケットがついている。彼女はそのソケットに小さな白い電球を差し込んで言った。「この電球は連続で充電できるから、差し込んでスイッチを入れておけば、自動的に三時間は光ってるんです」

「本当にきれいだ！」

「スモッグの日ばかりで、月までぼんやりして見えるでしょう。だから紙のお月さまを作ったんです。アートの月を」

「アートの月……そうか……そうか……」どういうわけか、この瞬間、彼はひどく感動していた。

「十五番地の向かいに細い路地があるんですけれど、道幅がちょうどこのお月さまと同じくらいなんです。だから、ロープでお月さまを路地の真ん中にぶら下げておけば、道行く人は、お月さまを持ち上げたり、払いのけたりしないと通ることができません。つまり、この狭い路地を通り抜けようと思ったら、必ず紙のお月様と直接触れ合わなくちゃいけなくなるんです。紙のお月さまを払ったり、動かしたりして」そう言うと、夏天は両手で紙の月を包み込み、口をすぼめた。

彼は、その晩起きるであろう光景を思い浮かべ、その世界に浸っていた。宙に浮かんだ紙の月が明るく静謐な光を放ち、全身がすっと静まり返る。彼は自分の心臓の脈打つ音を聞いた。

「紙の月か……誰かに盗まれてしまわないかな」彼は不意に心配になった。

「かもしれません。芸術活動にはいろいろなことが起きるから」

「それじゃあ、あまりにもったいない」彼の眉間にシワが寄る。

「消えてしまうことも、一つの美しさなんです……」夏天は意味深長に答えた。

「しかし……なあ……」

「おじさん、月が飛んでいったと思えばいいんですよ」

彼はちょっと考えてから、納得したように微笑んだ。

黄昏時になり、二人は胡同の入り口にある小さな食堂で簡単な夕食をとった。彼は不意に、夏天のために必ず何かしてやらねば、との思いに駆られた。言い換えれば、照明装置のことを考えるのは夏天のために坊さんを演じてからにしよう、と思ったのだ。彼は夏天に、「さっき、そこで友達を見かけたんだ。随分会っていなかったから、ちょっと挨拶してくるよ。ゆっくり食べていておくれ」そう言って食堂を出ると、小走りで通り沿いの床屋に駆け込んだ。そして、息せき切って床屋にこう声を掛けた。急いで髪を切ってくれ。坊主にしてもらいたいんだ。できるだけ速く！

六十九の歳まで生きてきて、坊主にしたのは初めてだ。つるつるのつるっぱげ。彼はへへっと笑い、すべすべの頭をなでた。その顔は満足感で満ち溢れている。食堂に戻ると、夏天がうつむいて電話をしていた。彼はそっと席に戻り、その様子を見ていた。夏天が電話を切る。そして、はたと眼の前の状況に気付くと、あんぐり口を開け、瞳を大きく見開いた。その口元が徐々にほころび、今度は小刻みに震え出す。夏天は目を伏せた。彼に涙を見せたくなかったのだ。彼女は、何度も、何度も、何度も深呼吸を繰り返し、ようやく涙を押し戻した。

「おじさん……ありがとう……」

「さ、早く食べなさい」彼はそう言って話をそらしたが、喉の奥に何かつかえているかのようだった。

二人は黙々と箸を動かした。しばらくして夏天が、お寺でやる芸術活動に「チン・ピングオ」という名前をつけたと教えてくれた。彼は、この時期に出回る青りんご《チン・ピングオ》のことだろうかと考えた。

「おじさん、青りんごは好きですか？」

「好きだよ」

「私も」

「どうして、この名前にしたんだい？」

「お寺にお参りに行くのは、平穏無事を願うからでしょう」

彼はすぐにピンときた。ピングオ〔りんご〕とピンアン〔平穏〕。

「りんごは百八個買うつもりです」

「数珠の玉の数も、確か百八だったね」

「おじさん、すごいわ」

彼は照れくさそうに笑った。この数日だけで、ここ二、三年分は笑った。そんなことを考えていた。

「私たち二人で、お寺の境内に青りんごを並べましょう。数珠のように、半円の形にして。もしかしたら、二重、三重になるかも……お参りに来た人はみんな一つずつ持ち帰れるんです……自分で食べてもいいし、誰かに上げてもいいし……」夏天のまなざしが空のある一点に向かっている。その表情は至って穏やかだ。「一つ取っては一つ減り、一つ取っては一つ減る……青りんごが一つ一つなくなっていったら、この活動もおしまいです……」彼は箸を手にしたまま、すっかり彼女の言葉に引き込まれていた。

「おじさん？」

「……」

「おじさん？」

彼は我に返って言った。「衣装を作りにいかないと！」

夏天は笑って「もう仕立屋さんは見つけてあるんです。明日頼めば、二日後には出来上がりますよ」

「そりゃいい！」彼は興奮してテーブルを叩いた。

思いが純粋なら、現実に起きる一つ一つの出来事も自然で偽りないものになる。僧衣を身にまとった彼は、穏やかな気持ちで、優しく青りんごを拭いていた。それを夏天が受け取り、一つ一つ並べていく。寺の屋根や壁はすっかり色あせていたが、主殿の前の大きな香炉からは、いく筋もの煙がたなびいている。途中、ファンドの関係者がやってきて、壁に小型カメラを設置した。そして夏天に手を振ると、寺から去っていった。さらに少し経つと、老婦人が一人やってきた。線香をかかげ、まっすぐ香炉の前まで行くと、黙々と線香に火を付け、黙々と線香を上げ、黙々と祈りを捧げる。そしてふり返って、目の前の僧侶に気づくと、「新しく来たお坊さんですか？」と尋ねた。彼は立ち上がり、微笑んだ。「残念だわ……このお寺、取り壊されるんですってね」老婦人はそう言って歩き出したが、寺の入り口で再び口を開いた。「ここには、もう何年もお坊さんがいなかったんですよ」

二人は視線を交わしたが、無言のまま一言も発しなかった。十分余りすると、青りんごが数珠の形に並んだ。夏天は軽く手を払うと、笑いながら言った。「おじさん、これで完成です。あとは二人で待ちましょう」

「よし！」

二人は腰を下ろし、静かにその時を待った。

最初に寺に入ってきたのは、茶色の小さな犬だ。野良犬らしく、周囲に対し警戒感を顕にしている。その場に立ったまま、見知らぬ二人を凝視し、微動だにしない。それでも夏天が手招きをすると、徐々に警戒心を解き、遠回りしながら近づいてきた。そして青りんごの前まで来ると、前足でいじり始めた。

「わんちゃん、食べたいならお食べ」夏天が小声で話しかける。

犬は顔を上げ彼女を一瞥すると、そのままぱっとりんごをくわえ、脱兎のごとく寺から去っていった。夏天が口をきゅっと結び、彼の方をちらりと見る。彼は軽くうなずいた。笑いを押し殺しながら。寺での活動は、厳粛な顔でやるべきだと思ったのだ。

次にやってきたのは、若いカップルだ。線香を掲げ、お参りをすると、仲良く寄り添い、耳元で何やらささやき合っている。彼らはほぼ同時に地面のりんごに気が付いた。「りんご！」女の子はひどく興奮し、今にも涙を流さんばかりだ。「なんて素敵なの、このお寺！　つつがなく穏やかに、何事も平穏無事に行きますように、ってことよ。本当に素敵！」

「このりんごは売り物ですか？　それとも、もらえるもの？」男性が夏天に尋ねた。

「ご縁のある人にプレゼントしているの」夏天はそう答えた。

カップルはりんごを四つ取り、二つリュックにしまうと、それぞれ一つずつ齧りながら門の外へと去っていった。と、二人の姿が見えなくなったその数秒後、男性が駆け足で戻ってきた。そして寺の入り口で二人に手を振り、大声で叫んだ。「ありがとう！　ありがとうございます！　二人とも平穏な日々を！」
五、六人の子どもたちが駆けてきた。一人は近所に住む昔なじみの孫だ。その男の子はひと目で彼だと見破ると、けらけら笑い出し、「おじいさんがお坊さんになった、おじいさんがお坊さんになった……」
彼も笑い出した。「お前のじいちゃんは？」

「おじいさんがお坊さんになった、おじいさんがお坊さんになった……」男の子はそう叫びながら、寺の外に飛び出して行った。

男の子の祖父がやってきた。自分の目が信じられないとばかりに、一歩一歩足を進めている。身体は強張り、口調には緊張の色が混じっている。「おい……こりゃ……こりゃ、一体どういうことだ……出家したのか……思いつめるんじゃないぞ……」

彼はくすりと笑い、歩み寄った。「芸術活動に参加しているんだ」

「芸術活動？」昔なじみは訝しげな表情を浮かべている。

「坊さんの役をやってるんだ」

「本当に？」

「本当だよ。出家なんてしてないさ」

昔なじみがタバコを二本取り出し、一本を彼に渡す。彼は夏天の方をちょっと見やり、受け取ったタバコを僧衣のポケットにしまいこんだ。

男の子たちがその辺に座って、りんごを食べている。すると、そのうちの一人が寺の入り口に立ち、大声で叫んだ。「早くりんごを食べにおいでよ！　早く食べにおいでよ！」と声が枯れるまで何度も叫ぶ。すると大勢の人がどっと押し寄せてきた。中に入ってきた近所の昔なじみたちに彼がいちいち釈明する。その姿は、まさに過ちを犯した僧侶のようだった。

青りんごはどんどんどんどん減っていき、最後は地面にかすかな痕が残るだけとなった。その様子を見ていた夏天が笑った。瞳が潤んでいた。

二人は無言のままひたすら歩を進めた。

なじみの食堂の近くにくると、夏天が口を開いた。「おじさん、ごちそうさせてください」

「いいや、おじさんがごちそうするよ」

「ううん、今度は私が」

「そうか……」

食堂の店員たちは、入ってきた彼を見て、ひたすらくすくす笑っている。

一人が「おじさん、もう羊の頭は食べられませんね」と言うと、
一人が「おじさん、酒もだめですよ」と言う。

正直、ちょっと飲みたい気分だったが、身にまとう僧衣が、その誘惑をはねのけた。明日の晩、飲むとするか。彼は心の中でそうつぶやいた。

「ねぎ、生姜、にんにく、ニラ、玉ねぎ……坊さんはこういった香りの強い野菜も食べちゃいけないって、本に書いてありましたよ」コックが厨房から顔を出し、付け加える。

彼はわざとしかめっ面をしてみせ言った。「いい加減にしろ」

再び笑いが起こった。少しして、夏天が小声で言った。「おじさん、さっきファンドの責任者の人からショートメッセージがきて、すごく面白いアイデアだから契約することにしたって」

「そうか！　すごいぞ！」彼は心の底から喜んだ。

「今日は疲れませんでした？」

「いや、ちっとも疲れてないよ」

「今晩あの照明装置の芸術活動を決行しませんか?」

「いいとも!」

二人は急いで皿の上の料理を平らげた。この時、空は黄昏色に染まりかけたばかりだった。二人は木のはしごを担ぎながら、道具を手に、胡同の真ん中までやってきた。ほとんどの家が食事の支度途中か食事の最中で、周りには人っ子一人いない。二人は大急ぎで電線を引き、カラー電球を取り付けた。通行人が一人、二人やってきて、もの珍しそうに二人を一瞥したものの、電線をまたいで、そのまま通り過ぎていった。夕闇が徐々に辺りを包んでいく。光の中からやってきた通行人がこの胡同に入っていく様は、まるで真っ暗な穴に吸い込まれていくかのようだ。二人は電線の周囲に導電塗料を撒くと、離れた場所にそっと身を隠した。夏天はカメラを片手に息を殺している。彼は壁にぴったりと張り付き、これまでにない緊張感を味わっていた。

女性が一人やってきた。二人は、彼女が一歩一歩、暗闇の中へと吸い込まれて行く姿を見守っていた。二十秒余りすると、カラー電球が突然、胡同の中できらめき出し、女性が悲鳴を上げた。灯りは消えたかと思うと、すぐまたキラキラと光り出す。女性が再び声を上げた。しかし、それは先程のような悲鳴ではなく、何度も繰り返される驚嘆の声だった。夏天が笑いを押し殺しながら、立て続けにシャッターを切っている。彼は手で口元を押さえたが、それでも笑い声は指の隙間を縫って外に漏れ出てしまった。女性は導電塗料を踏んだかと思うと、今度はぴょんと飛び退いてみたりと、その姿はまるで、ゲームでもしているかのようだ。カラー電球が点いては消え、キラキラと煌めく光りが胡同の中を旋回している。

「最高だ！」彼は心の中で叫んだ。「本当に最高だ！」

女性が声を上げて笑いだした。色とりどりの光が消え、辺りが静かになる。

「おじさん、やってみますか？」

「よし！」

「行ってください。写真を撮ってあげますから」

「わかった！」

彼は歩き始めたが、目標に近づけば近づくほど、その歩みは小さくなっていった。彼は目を閉じ、少しずつ、少しずつ進んでいった。あたかも真っ暗な時空のトンネルを突き進んでいるかのようだ。しかし、不安はこれっぽっちもなかった。色とりどりの光がキラキラときらめき、まぶたの上を飛び跳ねる。彼はその感覚を楽しんでいた。心の底から楽しんでいた。まるで時間が存在しなくなったかのように、身体が驚くほど軽い。夏天がやってきて、彼の目の前に立った。そして彼が目を開けると、くすくす笑い出した。

二人は胡同を抜け、そのまま黙々と歩き続けた。不意に後から男性の叫び声が聞こえてきた。「うわっ！」。男性は突然の光の襲来に戸惑っていた。男性は何度も行ったり来たりしていたが、最後はゆったり腰を下ろすと、タバコを取り出し、おもむろに火を付けた。彼と夏天は、胡同の中で色とりどりの煙がプカプカと立ち上っていくのを見た。

夏天の携帯電話が鳴った。電話を受けた夏天が英語で話し始める。その声は切なさでいっぱいだ。彼は一言も理解できなかったが、電話の相手が異国のボーイフレンドであることはわかった。夏天が電話を切る。興奮と落胆が入り混じった表情は、まるで別人のようだ。「今すぐ……彼に会いたい……」彼女がポツリとつぶやいた。

夏天は彼に、今度オランダに行ったら三カ月は帰ってこられないと言った。彼は胡同の暗闇の中を歩きながら、名残惜しさを感じていたが、それでも別れ際にはなんとか笑ってみせた。

「夏天、君を尊敬するよ」

「おじさん、戻ったら、また会いに来ますね」

「ああ……待ってるよ……」もっと何か話したかったが、もう言うべき言葉がみつからなかった。

夏天が夜の街へと消えていった。彼は夏天が去っていった方向に足を向けると、まるで何かを取り戻そうとするかのように、そのまま延々と歩き続けた。僧侶姿の彼に、周囲の人々が次々と足を止め、視線を向ける。あたかも、正気を失った出家者を見物しているかのようだ。

「坊さんにも悩みがあるんだな……」

「坊さんだって人間だから」

「修行も楽じゃない……」

夜も更けた頃、彼は胡同の入り口に戻ってきた。豆瓣胡同の標識は、街の暗闇の中にあって尚、人目を引いている。彼は売店で二鍋頭を一瓶買った。ただただ胸が一杯だった。定年退職した元作業員にすぎない自分が、まさか芸術に関わることになるとは。全く世の中わからん、わからんもんだ！　彼はしきりに首を振った。と同時に、その幸運を噛み締めた。

また誰かが導電塗料を踏んだ。電球がキラキラときらめき、色とりどりの光がくるくる旋回している。彼は笑みを浮かべたまま、酒瓶を手にゆっくりと近づいて行った。そして顔を上げ、壁に付けたカラー電球が自分に向かってパチパチとウィンクするのを見つめていた――これは自分が購入し、自分の手で取り付けた電球だ。彼はすっかり満たされていた。眼の前の胡同は光り輝く世界だ。彼は声も立てずに笑った。

彼は前方の暗闇の中に入って行くと、そろそろと地面に腰を下ろした。そして、酒瓶を口元に運び、ほんの一口すると、壁に頭を預け、目を閉じた。今は春で、女の子の名は夏天。そして夏はどんどん近づいている。彼はくすりと笑った。また誰かがやってきた。どうやら二人連れの女性のようだ。おしゃべりをしながら歩いている。足音がどんどん近付いてくるのが分かる。彼はその瞬間を待った。女性二人の一踏みで光が灯る。大きな悲鳴が上がり、続けて称賛の声が聞こえてきた。彼は再び目を閉じ、微笑んだ。女性の一人が彼に気付き、近寄ってきてしゃがみ込むと、小声で尋ねた。「おじさん、こんなところに座っていて大丈夫?」

彼は首を振ると、囁くような声で答えた「大丈夫だよ、ありがとう……」

女性たちは去り、彼は徐々に夢の中へと落ちていった。彼の目に、闇夜の向こうから歩いてくる女性の姿が映った。紙の月がその行く手を阻む。女性は一瞬ためらったあと、まず紙の月を撫で、それから紙の月を持ち上げた。そして彼女が体を傾け通り過ぎようとした瞬間、紙の月がその顔を照らした。彼にははっきりと見えた。それは妻の顔だった……

✺訳者あとがき

北京オリンピックを前にした二〇〇〇年代前半頃から都市開発による大々的な立ち退きが始まった中国。本作はそうした開発もピークを過ぎ、新たな価値観や生活様式が浸透し始めた二〇一四年に発表された。作品の時代背景となっているのも、まさにこの頃だろう。

本作に描かれているのはそんな時代に鬱々とした日々を送っていた初老男性の精神世界だ。家族との離別による喪失感や寂寥感、そして偶然の「発生」によって得られた充足感やかすかな希望。作者はそんな主人公の心の機微を、身の回りに起こった何気ない出来事を織り交ぜながら簡潔かつ繊細に綴っている。

ちなみに作中では語られていないが、本作の舞台は北京の胡同。リンゴを使った芸術活動のシーンは、柿を使って同じような活動をしていた詩人、北島《ベイダオ》の娘からその話を聞き着想を得たという。これは本作創作のきっかけにもなったエピソードだ。

河南省出身の蒋一談は一九八七年、北京師範大学中文系に進学し、出版社に勤務後、一九九三年に創作活動を開始した。当初長編小説で注目を浴びたものの、その後、活動休止期間を経て創作の重心を短編小説に移した。二〇〇九年の活動再開後は、《魯迅的胡子（魯迅の髭）》（二〇一〇）や《赫本啊赫本（ヘップバーンよ、ヘップバーン）》（二〇一一）を始めとする短編小説集を次々と出版。平易な言葉と細やかな描写で社会や人々の内面を描き出すその作風は高い評価を受けており、蒲松齢短編小説賞や百花文学賞短編小説賞を始めとする各種文学賞を受賞している。

短編小説の名手として名を馳せる蒋一談だが、二〇一五年には詩集、《截句》を出版。日本の俳句などに着想を得て生み出したこの新たな形の詩、「截句」の普及にも力を注いでいる。自ら詩を作るという概念に乏しい中国の子どもたちに、もっと詩に親しみをもってもらいたい、というのがその趣旨だという。また近年は絵本の創作にも挑戦しており、《狐狸的尾巴（きつねのしっぽ）》（二〇一八）《童謡（童謠）》（二〇一八）などが出版されている。

蒋一談の邦訳としては「もう一つの世界」（趙暉訳　本誌十五号）がある。

■三木潤子（みき　じゅんこ）

これまで産業翻訳（契約書、企画書、調査報告書、中国国家標準など）や経済誌の記事翻訳に従事。文学翻訳は本作が初となる。

生・一枚の紙切れ

普玄
倉持リツコ訳

原題　〈生・纸条〉
初出　《北京文学》2018年第8期
テクスト　同上
作者　【ふ げん　Pu Xuan】
1968年湖北省谷城県生まれ

一

ぼくは暖かくほの暗いところに隠れて、自分と関係の深いある人を待っていた。もう夜の九時をまわったのに、副課長はまだ帰ってこない。王巧児《ワン・チャオアル》は、大きなお腹をせり出して中庭を行ったり来たりしながら外の様子をうかがっていたが、外の冷気が彼女を部屋の中へ押し戻そうとした。妊娠八ヶ月の彼女のお腹は丸い風船のように膨らんでいる。ぼくはそのなかに身を隠して、一緒に父さんの帰りを待っていた。

ほどなく、副課長が帰ってきた。「また外に出ているのか。こんな寒いときに」と、副課長は王巧児を咎めながら部屋の中に入るよう急かした。

「もう我慢できない、こりごりだ」副課長は中に入ると、声を荒げて恨み言を連発した。「一晩に宴会のはしご三席だ。やれ子供の十歳の誕生日だ、やれおふくろの還暦祝いだ、さらには、引っ越し祝いだと。祝儀にそれぞれ五〇〇元〔約八〇〇〇円〕包んだから、一晩で月給の半分飛んじまったよ」

副課長はとくに李保衛《リ・バオウエイ》という男を罵っていた。今日は引っ越し祝いだとか言って、あいつはこの二ヶ月に宴会を二回もやりやがった。

罵ってから、副課長はその視線を妻の腹部に落とした。その目には知恵のまわる彼の性格が現れていた。

この子の出産を早めることはできないものか？　そう思った副課長は言った。「俺たちは義理の付き合いでずいぶん祝儀を出してきたし、金もさんざん使った。だからこの子をひと月早く出して、誕生祝いの宴会を開き、これまで出した分を取り戻そうじゃないか」間をおいて言葉を続けた。「そうだ。帝王切開で赤ん坊を早めに出してもらおう」知恵のまわる副課長は手で王巧児のお腹に向かって切る真似をした。

ぼくは怖くなって、「ギャー」と大声で泣きだした。

王巧児は急いでお腹を掩った。

副課長は王巧児の説得にかかった。「これまで何年も、俺たちは祝い事に呼ばれるたびにたくさん金を使ったよな」「ええ」王巧児は頷いた。「あの李保衛ときたら、この二年の間に家族の長寿の祝いが二回、子供の大学進学祝い、新しい会社の開業祝いに加えて、今回の引っ越し祝いで、うちはもう五回も祝儀を包んだ。でも、この二年間、こっちは一度もやつを宴会に招く機会がなかった。そうだろう？」「そうね」「それから、局長、副部長、副県長の家族の誕生日も毎回欠かさずに付き合ってきた。違うか？」「そのとおりね」

「だからさ、今度、うちの息子が生まれたら、俺たちも客を招いてこれまで贈った金を取り戻そうじゃないか。どうだ？」と副課長は語気を強めて言った。

「そうよね」

「そんなこと俺たちはもうできないかもしれない。これまで貢いだ金はパーになってしまうかもしれないんだ」

「どうして？」王巧児は聞き返した。

「今日聞いたんだが、反腐敗キャンペーン＊に合わせて県でも通達を出して贈答合戦を禁じるらしい。今後、公務員は勝手に宴席を設けられなくなる。今度の五月一日のメーデーを境に、以後は誕生祝いも満一ヶ月の祝いも規制の対象になるそうだ」副課長は説明した。

そういえば、王巧児もそんな噂を耳にしたような気がする。

「五月一日のメーデー？　五月一日のメーデー……」副課長はぶつぶつと繰り返した。

王巧児はお腹に手を当てて言った。「五月一日って、この子の出産予定日よ！」

副課長は王巧児の手をお腹から払い除けた。「俺の言いたいことがやっと分かったようだな。ひと月繰り上げて赤ん坊を早めに生もう。大勢の客に来てもらい、満一ヶ月の祝いをやって、出ていった分を取り返すんだ」

なぜ、ぼくが急に泣き出したのか、母さんもようやく分かったようだ。副課長はまだ王巧児のお腹をじっと見つめていた。彼女は手で副課長の視線を遮り、その目を壁に向けさせた。壁には額が掛けられていた。知恵のよくまわる副課長が額を見つめながら考えを巡らしていると、突然、吊り紐が切れて額が床に落ちた。

「えっ！　何？」王巧児は驚き、顔の血の気が引いた。「劉婆《リウばあ》に何かあったのかしら。二、三日前に具合が悪いと聞いたけど」

額のなかには一枚の紙切れが挟んであった。その紙切れには劉婆の生辰八字《せいしん》（生まれた年、月、日と時刻を表す干支《えと》を組み合わせた八文字）が書かれている。劉婆はこの辺では名の知れた長寿者で、今

＊反腐敗キャンペーン　中国政府が展開する腐敗撲滅運動。

年で百三歳だった。

「安心しなよ。あの人は長生きするさ」副課長はあれこれ考えながら部屋の中を行ったり来たりした。「そうだ、帝王切開するべきかどうかを劉婆に聞いてみよう」

二

ぼくはすくすく大きくなっていったので、王巧児は体が日に日に重くなり、車にも乗れなくなった。妊娠八ヶ月の王巧児はどう見ても臨月の妊婦のように見える。副課長の車は小さすぎて、助手席はおろか、後部座席にも彼女を押し込むのは一苦労だった。

「なんで車で行くの？　バスのほうが広くて坐り心地もいいのに、なぜバスにしないの？」王巧児が不機嫌そうに言った。

「俺はこれでも副局長だぞ。自分の車を持たない副局長がどこにいる？」副課長は言い返した。公務員の等級でいえば、一地方の県のトップである県長は国の部長級に相当し、その下の局長は課長級に相当する。ぼくの父親の役職は県の副局長だが、国レベルでいえば副課長クラスだった。

知恵を絞れば最後にはなんとかなるものだ。王巧児は体を斜めにして、車の後部座席にどうにか乗り込んだ。右手を助手席の背もたれにかけ、左手は後部座席の背もたれに回し、背中を車のドアに押し付けるようにして坐っている。彼女は居心地悪そうだったが、その姿勢はぼくにとってはくつろげてよかった。

車は県都から田舎町の老人ホームに向かう国道を走っていた。王巧児は劉婆のことが心配でならなかった。額が突然落ちるなんて、ただの偶然かしら。

偶然なんかじゃない。それを知っているのはぼくだけだ。劉婆はもう長くないんだ。百年あまり生きてきたこの世との別れが近づいているんだ。

「何か言った？」母さんが俯いてぼくに聞いた。

ぼくが大きいので、お腹が突き出ている母さんは俯くのもつらそうだった。

「誰と話しているんだ？」トラックを避けながら副課長が聞いた。

「胎教の効果が出たのよ。この子、毎日私に話しかけてくるわ」王巧児は答えた。

だが、副課長は真に受けなかった。

「額は突然落ちるし、劉婆も具合が悪い。もしかしてこれは……」王巧児は副課長に言った。

「劉婆はもうすぐ死んじゃうんだよ！」ぼくは大声で叫んだ。

しかし、ぼくの叫びは二人の話し声に掻き消されてしまった。

「帝王切開でひと月早く生むなんて、私、賛成できないわ」王巧児は少し間をおいて話を続けた。「聞いたのよ。赤ちゃんにとって、最後のひと月は知能を高める時期だから、もしそれを待たずに帝王切開で取り出したら、赤ちゃんの発育が不充分になるんですって」

「医者の話なんかいちいち真に受けることはないさ」と副課長は反論した。「俺も調べたんだが、最後のひと月に入れば、赤ん坊の目鼻立ちはもうできあがっている。帝王切開で生んでもあまり影響はないんだ」

「違うわ」王巧児は斬り返した。「最後のひと月はとっても大事なのよ。もしひと月早く取り出したら、発育不全で将来何もかも人より遅れた子になるわ。例えば、よその子は歩けるのに、うちの子はまだハイハイしかできない。よその子はすらすら喋れるのに、うちの子はどもったりする。よその子は進級できるのに、うちの子は留年……」

ぼくは叫んだ。「そんなのはいやだよ。のろまだと言われたくない。ハイハイも、留年もいやだ！」

言い合っているうちに、二人は老人ホームに着いた。


百寿の劉婆は、この世と別れの日が近いことをすでに知っていた。それに気づいたのはぼくだけだった。母さんのお腹をさする劉婆の手はお風呂の湯みたいに温かかった。父さんはここに来るといつも、劉婆の部屋のテーブルや椅子の拭き掃除をしてあげる。今日の父さんはとくに気合いが入っていた。父さんと母さんは二人とも幼いころ、劉婆の世話になった。劉婆の言うことなら父さんはなんでも素直に聞いた。

残された日が少ないことを劉婆に知らせなくちゃ、とぼくは思った。額が床に落ちたのに、劉婆は、なぜ——そんなに落ち着いていられるのだろう？　怖くないのだろうか。

「何か言ったかい？」劉婆は母さんのお腹をさすりながらぼくに聞いた。

ぼくは劉婆に死期が近いことを知らせようとした。

劉婆は微笑みながらぼくに話しかけた。「おまえの父さんと母さんはおらが面倒を見たんじゃよ。知っとるかい？」劉婆の口は巻き貝のようだ。喋ったり、笑ったりすると、巻き貝の動きにつられ、貝殻にある無数の模様も動き出し、口唇と顎の皺はまるで海のさざ波のようだ。劉婆は笑いながら言葉を続けた。「もっと昔は、おまえの祖父さんもおらが世話をしたんじゃよ。生まれて尻丸出しでハイハイしていた頃から、学校に上がるまでな。知っとったかい？」ぼくはその眼差しから劉婆が自分の死期を悟っていることを知った。でも、なぜ劉婆は少しも怖がらないのだろう？

父さんは劉婆に愚痴った。「あの物乞いの李保衛ときたら、先月開業祝いをしたばかりだというのに、今月も県都への引っ越しとかで、またやつの引っ越し祝いの宴会に付き合わされたよ。いくらなんでもひどすぎるだろう」

劉婆は言った。「保衛が開業？　結構なことじゃないか。それに引っ越し祝いだって？　めでたいことじゃ」

「問題は、やつがそのたんびに俺たちを呼ぶのさ。毎回祝儀を包まなきゃならん。その度に五百元、ふた月で千元も取られたよ」

「五百元って、なんぼかね？」と劉婆は聞いた。

母さんは間に立って劉婆に説明した。「劉婆、国民党が台湾へ逃げ出した頃の五百元と同じだと思ったら大間違いよ。今、うちのお給料、月に二千元しかないんだから」それから、振り向いて副課長を見て言った。「劉婆はね、ここ何十年も殆どお金を使っていないから、五百元がどのぐらいか知らないのよ」説明を聞いて副課長は理解した。

「なんで少しにしなかった？　百元や五十元でもよかったじゃろ」劉婆はまた聞いた。

「それはだめだよ」父さんは言った。「こう見えても俺は副局長だぜ。ほかのやつは二百元や三百元で済むだろうが、俺は一応副課長クラスだから五百元は出さないと」

「副局長？　結構なことじゃ」劉婆はまた微笑んだ。

「劉婆に言わせたら、なんでも結構なのね。悪いと言ったためしがないわ」母さんは言った。

劉婆は母さんのお腹をさすり続けた。劉婆の手は温かい湯船のようだった。その髪の毛も眉毛も、真っ白だった。ぼくは劉婆と見つめ合った。ぼくには大きな大きな雲が見えた。劉婆の心に広がる空が見えた。そこにあるのは大きな雲だけ、ほかには何もない。その雲は喜びに溢れていた。それは穏やかな喜び、自由自在に漂う喜び、進むのも留まるのも雲のように気のままにできる喜びだった。

「額が落ちたって？　どうもない」劉婆は母さんに話しかけた。「生まれることは死ぬこと、死ぬことも生まれることじゃ。おらがもうすぐ死ぬということは、つまり、いよいよ生まれるってことじゃよ」

父さんは躊躇していたが、やはり思い切って、帝王切開して出産を早め、ぼくの満一ヶ月の祝いも早めにしたいという話を切り出した。劉婆を祝いの席に招きたかったのだ。劉婆には一つこだわりがあった。新築、昇進、進学、誕生日などの祝い事には一切顔を出さないが、唯一出るのが赤ちゃんの誕生祝いだ。

劉婆には父さんの考えがすぐに分かった。

「赤ん坊が母親のお腹にいるのは、雲の上の仙境にいるのと同じなんじゃよ。母親のお腹の中では、一日が外の世界の一年にあたるんじゃ」劉婆は話を続けた。「哪吒《ナージャ》*はなぜ仙人になれたと思う？　母親の胎内に三年もいたからじゃよ。それだけでも人間の千年以上を生きたことになる」

副課長は劉婆の言わんとする意味を理解した。

知恵のまわる副課長は部屋の中を行ったり来たりしながら言った。

「ひと月繰り上げることはやめよう」

「規則違反もしない」

「九日間だけ早めることにしよう」

「九日間？」王巧児はきょとんとした顔で聞き返した。

「そうだ。『九朝』*をやるんだ。『九朝』っていうのはな、子供が生まれて九日目にする誕生祝いのことだよ」副課長は興奮気味に手を擦り合わせながら続けた。「これは俺の祖父さんの故郷の風習なんだ」

夜が更けた。父さんと母さんは眠りに落ちたが、ぼくは眠れなかった。劉婆の言ったとおりだ。ぼくが母さんのお腹の中にいるのは、まるで雲の上の仙境にいるようだ。ぼくにはごろりと寝ている父さんが見えた。父さんの荒い寝息も聞こえた。それに、母さんの啜り泣きも聞こ

＊哪吒
道教で守護神として崇められている少年神。中国仏教やヒンドゥー教の民話・説話の登場人物でもある。

＊「九朝」
新生児の死亡率が高かった昔、生後八日を過ぎても生きていれば、もう大丈夫だと思われ、九日目に嬰児の誕生祝いをする。この風習は今でも残っている。

えた。深い夢のなかでの啜り泣きが聞こえるのはぼくだけだった。

ぼくは父さんのことも理解できる。四十も過ぎると、昇進の機会はそう多くない。今は最後のチャンスだろう。局長が異動するらしいが、その後任となる可能性が一番高いのは父さんだ。父さんはとても優秀で、県のお偉いさんの秘書を務めていたこともある。副課長の役職に就いたのは十数年も前のことだった。その後、そのお偉いさんが失脚したため、その影響を受けて父さんはずっと昇進できなかった。

父さんに協力しよう、とぼくは決めた。九日繰り上げの帝王切開にも、「九朝」をすることにも。

母さんが目を覚ました。

ぼくの体がどんどん大きくなるので、休む時、母さんは体を横にして、重いぼくをベッドの上に置くようにして寝ている。母さんはすぐにぼくの決意に気づいた。やはり母子は一心同体なのだ。

「ねえ、何て言ったの?」母さんがぼくに尋ねた。

ぼくは言った。「父さんも大変だね。毎日身を粉にして、何ごとも人に負けまいと頑張ってる。人が自家乗用車に乗れば、自分も欲しくなるし、よその子が一流大学に進学すれば、我が子にも行かせたくなる」

そう言えば、ぼくには省都の大学に通っている姉さんがいる。今は、一人っ子政策が緩和され、二人目の出産が認められたので、ぼくが生まれることになったわけだ。

母さんはため息をついた。「そのとおりね。父さんも若い時には夢を持っていたのよ」

「母さん、九日早く生まれると、知能や体の発育によくないって、ぼく分かってる。でも、生まれたら一生懸命勉強して、体をしっかり鍛えて、きっと、その遅れを取り戻すよ」

ぼくはさらに続けた。「母さん、そもそもぼくは生まれるはずではなかったんだ。もし、一人っ子政策がもとのまま変わらず一人しか許されなかったら、ぼくには父さんと母さんに会う機会はなかった。二人目の子供を生んでもよくなったけど、ぼくが生まれることで、父さんと母さんに苦労をさせてしまうでしょう、ぼくのせいだ」

母さんは、ぼくがこんなに物わかりのいい子だとは思いもしなかったらしく、お腹に手をあてて泣き始めた。

三

「九朝」祝いをすることと、帝王切開でぼくを取り出す日取りが決まると、母さんはぼくを連れて劉婆に会いに行った。祝いの席に劉婆が顔を出してくれたら、どれだけ誇り高く、どれだけ格式の高い祝宴になることか！　劉婆は県内唯一の百歳を超える長寿者だから、その百寿祝いには県長自ら駆けつけたほどなのだ。

しかし、劉婆は病気になった。

劉婆は部屋で薬を煎じて飲んでいた。ぼくたちを見ると、劉婆は口を開いて笑った。笑うと髪が揺れた。その笑顔を見た途端ぼくには分かった。劉婆に残された日はもう多くない。「ちょうどいいところに来てくれた。あの紙切れはお前さんのところにあるじゃろ？　道士を呼んできておくれ」劉婆は母さんに言った。

道士に来てもらうということは、自分の葬式の準備を始めたということだ。母さんはそれを聞くなり泣き始めた。そろそろお迎えが来ると劉婆は言うが、母さんは信じられなかった。老人ホームの所長もそうだし、ぼくの父さんなんてもっと信じなかった。

にこやかで、煎じ薬も自分で作れる。そんな劉婆を見て、この人が死ぬわけはないと母さんは思った。

所長は母さんに言った。「私がここに赴任して来た時、劉さんはもう九十を超えていました。ここの所長になって十数年、ここでは二百人近いお年寄りが亡くなりましたが、劉さんはずっと元気でしたよ。遡れば、劉さんがここに来てからもう四十一年。その間に亡くなったお年寄りは少なくとも六、七百人になるでしょう。けれど、劉さんはなんともなかったんです。このところ、ちょっと具合が悪くなって、煎じ薬を飲んでますが、葬式の準備をするなんて、大袈裟ですよ」

ぼくの父さんはすでに宴会に招く来賓のリストを作り始めていた。親友、学友、同僚、同郷人、趣味のサークル仲間、以前彼を招いた相手、彼が助けてやった知人——思いつく限りリストアップした。「九朝」という名案をひねり出した自分はなんて頭がいいのだろうと思った。

しかし、得意がる前に、彼は人に先を越されたと知った。彼よりもっと賢くて、知恵のまわる人たちが先手を打ち、さまざまな名目で送ってきた招待状がすでに彼のデスクに積み上げられていた。

父さんが「九朝」祝いの段取りをしていた時、母さんが老人ホームから電話をよこして、劉婆が葬式の準備を始めたことを知らせた。父さんは「劉婆はぜったい大丈夫だから」と言って、母さんを安心させた。

ちょっと安心した母さんはぼくを連れて村の道士を訪ねた。村の道士というのは、葬式音楽を演奏する楽団の団長で、いつも老人ホームを巡って、そこで亡くなった老人の法事や葬式を執り行っている。だが、劉婆が死ぬなんて道士も信じなかった。

「こういうことはこれまで何度もあったけど、劉婆はずっと大丈夫だったじゃないか」彼はそう言ってから、母さんに尋ねた。

「あの紙切れ、まだ預かっているかい？　劉婆はいつもそれを気にしていたね」

「ええ。うちの額に入れてあるわ」

「それにしてもあれを預った人は何人も亡くなったのに、劉婆は今も生きているなんて、不思議なものだね。書いてから何年になるかな」

「書いたのは、私が三つのときで、今年、私は四十四歳だから、あの紙切れは四十一歳になるわね」と母さんは答えた。

ぼくはその紙切れと対面した。四十一歳のこの紙切れは、額に入っている。額の縁はすでに亀の甲羅のように黒ずんでいたが、紙切れは真っ白なまま、まるで白鶴のように額のなかで羽ばたいていた。ぼくは暖かくてほの暗いところに身を隠している。そのほの暗いところは母さんの子宮だ。子宮はどんなところかって？　天上の宮殿、海の竜宮であり、すべての人にとって最初の大空、海原だ。そこには仙人や竜王が住み、群れなす仙鶴と巨大な亀がいる。ぼくも紙切れもその大空と海原を飛んでいた。

この紙切れはぼくより四十一歳も年上だ。それが生まれた時、劉婆はもう六十二歳になっていた。あの頃の劉婆は夫に先立たれ、子供もなく、仕事もなかった。保母として働いていたわけではなかったが、幾つかの家庭から子供を預かってその世話をしていた。町の協同組合の幹部だった夫が健在のときは、その年金を頼りに暮らしていたが、夫が亡くなった後は、遺族手当をもらい、時々、子守もしていた。劉婆のような身寄りのない老人は、国の福祉政策により、養老院に入ることになった。

紙切れが誕生した日は、王老五《ワン・ラオウー》の日干しレンガ造りの家の庭先に暖かな陽光が燦々と降り注いでいた。家を離れ養老院に入る日が近づいたので、劉婆は王老五を訪ねて来た。王老五はぼくのお祖父さんで、ぼくの母さん王巧児の父親だ。その時、王老五は庭でトランプ遊びに興じていた。一緒にやっていたのは王《ワン》郷長、自留地と朱《チュー》文革の三人だった。その傍で三人の子供が瓦のかけらで遊んでいた。ぼくの母さん王巧児と父さん、それと李保衛だ。

李保衛は孤児だった。彼の父親は文化大革命の武力闘争のさなか、朱文革の仲間に殴り殺されてしまった。その時、ぼくの母さん、父さん、李保衛は、三人とも三歳だった。
　劉婆はぼくのお祖父さんに言った。「おらは養老院に入ることになった。死んだとき、『焼包《シャオパオ》袱《フー》』に使うおらの生辰八字を知る人がいないと困るから、老五、あんたに頼んでもいいかい？」

「焼包袱」はこの辺の風習だ。人が亡くなると、道士を呼んで葬式を出し、芝居を掛ける＊。それから、故人の生辰八字を書いたお札を焼いてあの世へ届けなければならない。焼かれたお札はあの世の戸籍となるのだ。生辰八字は冥途に赴く者の通行手形だった。

　王老五は即座に手にしていたカードを置いて快く引き受けた。「いいとも、もちろん」と言って、部屋にあるノートからビリッと一枚ちぎり取ってくると、それを机の上に広げた。太陽の光に照らされた白い紙を囲むようにして男たちは頭を寄せ合った。

　劉婆は口述し始めた。「甲寅《きのえとら》、冬月〔旧暦十一月〕廿八、人定《にんじょう》〔午後の十時ごろ〕。生まれは、朱家嘴の毛家舗」

　紙切れはこうして誕生した。

　さて、どう保管するか。部屋にあった額が役に立った。温かい陽射しのなか、紙切れは王老五の手によって額に収められた。みんなが紙切れを見つめていた。「老五、今日のことを養老院の人たちに話しておくよ。おらが死んで、生辰八字がないと困るから、あんたに聞くようにってね」劉婆は言った。

「劉婆、安心して行きなよ。その時になったら、俺のところに来るよう言っておきな」王老五は請け合った。

＊芝居を掛ける　中国では、縁日やお祭りの時、または、昔の金持ちの家で慶事を祝う時、仮設の舞台を作り、劇団や旅芸人を呼んで芝居をしてもらい、来客を楽しませる風習があった。

朱文革はまたカードをつかむと言った。「そうとも。安心しな。老五がいなくても俺がいるから」

自留地は、共同作業をサボって自作用の畑ばかりに精を出すのでそのあだ名が付いた。苗字は劉《リウ》という。後に彼は、県下に名を轟かせる大金持ちとなった。彼も言葉を添えた。「安心していいよ。俺もいるから」

王郷長も——当時はまだ郷長ではなかったが——カードを手にしながら、劉婆に手を振って言った。「劉婆、心配することない。俺もついてる」

太陽の光が降り注ぐなか、彼らはトランプ遊びを再開した。この紙切れが彼ら自身よりも長生きするとは、誰ひとり思いも寄らなかった。

四

よし、その日を待とう。彼らがお膳立てを済ませたら、ぼくはその日に生まれるように協力しよう。オギャーと、元気な産声を上げてみんなに喜んでもらおう。おチンチンを見せて、生まれたのは男の子だとみんなに示すんだ。さて、今のところは、とりあえず大人しくして、この暖かくてほの暗いところでひと眠りしよう。外の騒ぎはぼくと無関係だ。

ぼくが眠っている間に上からの通達が出された。誕生日、進学、入隊、長寿祝い、引っ越し祝い、赤ちゃんの満一ヶ月祝いなどの宴会がすべて禁止された。五月一日からだ。宴会を計画していた県内の人々は狂ったように動き出した。自分の誕生日、配偶者の誕生日、親の誕生日、義理の親の誕生日、子供の誕生日、満一歳の誕生日、十歳の誕生日、十二歳の誕生日、三十六歳の誕生日、六十七十八十歳の誕生日、進学、就職、入隊、転職、昇進、昇級、結婚、葬式、開業、記念日、満一ヶ月祝い——これらはすべて宴会の名目だ。五月一日のメーデーは通達で決められた期限だったので、その日の前に宴会を済ませ、祝儀や香典などをもらった人は幸運だが、そうでない人、或いはその日以降に予定していた人たちは、五月一日の前に滑り込ませようと焦った。どうしても口実が見つからない人は地団駄を踏んで悔しがるしかなかった。

ある日、父さんは奇妙な入学祝いの宴会によばれた。ある高校一年生の子供の親がその子の大学入学祝いの宴会を開いたのだ。まだ高一なのに大学入学の祝いをするのは可笑しいだろう。どこの大学に受かったというのだ？　入試の点数は？　もうそんなことに構っていられなくなった。大事なのは、五月一日の前に宴会を開いて客に来てもらうことだった。たぶん、その子の親もうちの父さんのようにこの数年、送った祝儀が多すぎて、取り戻そうと必死だったのだろう。

眠っていたぼくはハッと目を覚ました。

どうして黒い人影が急に見えたんだろう？　その黒い人影がぼくを追いかけてくる。血だまりの中に倒れている人が見えた。ぼくは悲鳴を上げた。血だまりに倒れているその人はぼくの父さんだった。

今のぼくには未来が見える。事件が起きる時間と状況が見える。ぼくの体には父さんと母さんの血が流れているからだ。父さんは黒い人影に刺されて血だまりの中に倒れている。見間違う筈はない。時間は、まさにぼくが誕生後の「九朝」祝いの宴が開かれる日、昼時だ。レストランの入口には派手なアーチが飾られている。ヒビの入ったガラス窓の前で大勢の人々がそれぞれ円卓を囲んで喋ったり、煙草を吸ったり、酒を飲んだりしている。誰もいない大きな円卓の上に三日月形のナイフが見えた。

ぼくは大声で泣き叫んだ。

「やっぱりいやだ。早く生まれたくない。『九朝』の祝いもやりたくない」

「賛成するって言ってくれたじゃない？」と王巧児は言った。

「いやになったんだ！」ぼくは泣き喚いた。

李保衛に招待状を届けに出かけるときから、彼に対するぼくの好奇心は強くなる一方だった。副課長の話によると、李保衛は父親をなくして乞食をしていたが、後に県都でクズ拾いから身を興したそうだ。彼がクズ拾いをしていた頃、副課長はちょうど県のあるお偉いさんの秘書をしていた。李保衛はしょっちゅうクズ拾い仲間の前で、副課長は自分の従弟だと吹聴していた。彼が伝説の男となったのはクズ拾いで幾らかの金を貯めた後のことだ。彼はその金を元手に、地元に戻って家を建てたり嫁をもらったりはしなかった。その代わりに副課長を頼って、県下に大勢の知り合いを作った。その人脈を利用して、健康食品の販売を始めた。今や彼は県都に家も会社も家庭ももつようになった。

李保衛に会って、ぼくは驚き呆然とした。ナイフで父さんを刺した黒い人影はまさしくこの男だ！

「電話一本で済むんだから、わざわざ届けに来なくてもよかったのに」ちょうど会社の前の屋台で朝食を食べていた李保衛は、副課長と王巧児を見て茶碗を持ったまま言った。

「李さんはいま偉くなったんだもの、届けに上がるのは当然よ」と王巧児は言った。

副課長は不満げに妻を睨みつけ、「俺たちもついでがあったものだから」と言った。

副課長と李保衛は互いにタバコを勧め合った。街角で親しげにタバコを吸う二人の姿は、まるで兄弟のようだ。李保衛も幼い頃から劉婆の世話を受けたひとりだ。両親を亡くし、かつて乞食だったこの男が今はがっちりした、頑丈そうな体格をしている。副課長の解釈によれば、クズ拾いをやめた彼が県のお偉方たちに相手にしてもらえたのは、付き合いの贈り物によってだ。副課長がお祝いの宴会に出る時、彼を連れて行くと、彼は用意してきた贈り物や祝儀をその場にいた全員に配った。自分の分だけではなく、副課長の分までも。宴会に出る度に何人かの知り合いを作ることができたので、二、三年経った頃、クズ拾いで貯めた金は使い果たしたが、彼は県の役所やその関連事業の人たちと顔馴染みとなっていた。

二人はタバコを吸いながら雑談をするうちに、近頃、劉婆の具合がよくないという話になったが、二人とも劉婆にもしものことがあるとは思っていなかった。

そんなことを考えていなかったし、二人にはその覚悟もできていなかった。劉婆を知っているすべての人がそうだった。

劉婆の長生きはもう伝説になっていた。

二人の話は劉婆の生辰八字の紙切れを書いたときにその場にいた人たちのことになった。

紙切れが書かれた時、一つのテーブルを囲んでトランプ遊びをしていた王老五、自留地、朱文革と王郷長の四人はいずれも劉婆より先にこの世を去った。

最初に死んだのは朱文革だ。文化大革命の時、造反派だった彼は、農家請け負い制になってから、街をうろつくチンピラになり下がった。八十年代に「厳打《イエンダー》〔治安強化キャンペーン〕」が始まり、彼は逮捕され、死刑を言い渡された。南から来たデジタル腕時計の商人の金品を強奪した罪だ。後に死刑から執行猶予付きの有期刑に減刑されたが、十数年服役して刑務所の中で死んだ。

二番目に死んだのは王老五だ。とても負けん気の強かった彼は、まず、故郷の田舎町から県都に移り住み、その後県都の団地から高級住宅街に居を構えるまでになった。自由経済の開放は彼にチャンスを与えた。飼育技術者だった彼が作ったアヒルの飼料は絶品だった。しかし、高級住宅街に移ってから、多額の借金を抱えてしまい、返済のために、南の広州へ出かけ、技術者として三人分もの仕事をした。結局、借金は完済できたが、彼は過労で命を失った。

三番目に死んだのは自留地だ。住宅取引が自由になると、彼はいち早く不動産開発に乗り出し、県下一の億万長者になった。しかし、癌が見つかった。口腔癌だ。自分の病状を知った自留地はすべての財産を売り払い、国内外の名医を訪ね、最も高価な薬を求め、チベットまで人を行かせて秘方を探し回った。命さえ助かれば、あり金をはたいても構わないと言い放った。しかし、期待したほどの効果もなく、何年間か頑張ったが、やはり治ることなく亡くなった。

最後に死んだのは王郷長だ。彼は立派な郷長だった。一九九八年の大洪水*の時、家族の避難を後回しにしたため、妻も子も犠牲になった。定年を迎えた時、郷長は侘しい独居老人になってしまった。その頃、養老院はすでに老人ホームと名を改めていた。最初、彼は老人ホームに入ろうとしなかった。しかし、郷長をやめた後は、訪ねてくる人もいなくなり、外へ出ても話し相手はいなかった。寂しく、面白みのない生活に耐えられず、老人ホームに入るしかなかったが、隣室に劉婆がいた。その時、劉婆は九十代、郷長は七十代になっていた。偏屈で、傲慢だった彼は気やすく人と話すことはしなかった。劉婆のように長生きしたいと言っていたが、残念なことに、その後仕立屋の婆さんをめぐって左官職人だった爺さんと張り合い、その爺さんに鉄ベラの一撃を食らわされて命を落とした。

王老五の手で額の中に入れられた紙切れは、王老五が死んだ後は自留地に、自留地が死んでからは王郷長に、王郷長の後は王巧児にと、三回も転々とした。その前はというと、王老五は田舎町から県都へ、県都の団地から高級住宅街へと引っ越した。それに加えて、九八年の大洪水に襲われた時、紙切れを保管していた自留地は自宅では危険だと思って額を土手のほうに移して保管した。だから紙切れの保管場所は全部で六回も変わったことになる。

「宴会には必ず出るから、心配するな」別れ際《ぎわ》に、李保衛は副課長の肩を叩いて言い、さらにひと言を付け加えた。「俺たちは劉婆のところで一緒に育った兄弟だからな」

ぼくは大声で叫んだ。「来るな！」

しかし、聞こえた人はひとりもいなかった。

＊一九九八年の大洪水　約五ヶ月にわたる大雨により、二十九省が被害を受け、被災者は二億四千万人あまり、死者は三千人を超えたと言われる。

「あの人は変わってしまったわ」王巧児が口にした。

「この二年の間、あいつは幹部を抜擢する副部長と知り合いになって、その母親に健康食品を献上しているらしい。母親を喜ばせておけば、副部長も機嫌よくなるさ。人事権を握っている副部長の機嫌をとろうとしない人はいないだろう。あいつも見る見るうちに威張りだしたわけだ」と副課長は言った。

ぼくは大声で叫んだ。「あの人を宴会に呼んじゃだめ！」

王巧児はお腹に手を当てながら、ちょっと躊躇して言った。「李さんを呼ばないことはできないのかしら？」

「呼ばない？　なんでだ？　俺たちはこの二年間あの乞食に五回も呼ばれたじゃないか」

「やめてよ。口を開けば乞食、乞食って。あの人が一番嫌がることよ。子供の頃、面と向かってあなたがそう呼ぶから、殴り合いの喧嘩までしたじゃないの」王巧児は言った。

「どんなに金持ちになったって、性根はやっぱり乞食だよ」

王巧児は言った。「あの人に二年分のお返しをしてもらいたい気持は分かるけど、万が一彼が一回分しか返してこなかったらどうするの？　そもそも私たちは彼を一回しか招待していないのよ」

「やれるもんならやってみろ」と副課長は言い放った。

五

　太陽が沈みかかっていた時、ぼくと母さんは劉婆と一緒に野菜を摘み取っていた。野菜畑には、サヤインゲンや唐辛子、レッドキャベツ、ズッキーニが植えられていた。夕陽は、黄金の小鳥たちのように畑と畝の上を飛び回り、さえずっている。ホームの老人たちが劉婆のそばに寄ってきて言葉をかけた。「しばらく具合が悪かったようだけれど、もう畑に出て働いても大丈夫かしら？」

　ホームの所長も近くにやって来て、嬉しそうに言った。「劉婆は大丈夫！　もっともっと長生きできますよ」

　母さんは手伝いしながら、「九朝」祝いのことを劉婆に相談し、父さんと決めた帝王切開の日取りを伝えた。

　ぼくのお祖父さんも、父さんや母さんもみんな幼い頃に劉婆の世話になった。だが、ぼくの姉さんだけは世話してもらえなかった。そのことを母さんはとても残念に思っていた。姉さんが生まれた年、劉婆はちょうど八十四歳だった。昔から「七十三と八十四、閻魔様のお迎えがなくてもご用心」と言うように、劉婆にとってその年は大厄の年だった。何ヶ月も病の床につき、死神の呼び声を何度も聞いた。だから劉婆はその年、ぼくの姉さんの誕生を見届けることができなかった。子供の世話をするにあたり、劉婆には拘りが一つあった。誕生をこの目で見た子でなければ、その子の世話を引き受けないというものだ。ぼくのお祖父さんや両親、李保衛、それに劉婆の世話になった大勢の子供がみんなそうだった。

「その子の誕生を見たら、自然と情が涌いてきてね、預かるときの感じが違うんじゃ」と劉婆はいつも言っていた。

母さんはぼくの誕生も劉婆に見守ってほしかった。その長寿にあやかりたいと願っていた。三代に亘って劉婆の世話になりたいと願っていた。たとえわずか数日でも。お産の時、劉婆がそばにいてくれたら安心できると母さんは思っていた。

劉婆は野菜畑を歩き回った。まるで大きな雲のように、畑の上を、サヤインゲンや唐辛子、レッドキャベツ、ズッキーニの間を漂っていた。陽光がぼくたちを包んでいた。ぼくたちは陽光に包まれて野菜畑の真ん中にいた。金色の小鳥たちが白い雲の周りを飛び交っていた。

「達者かい」と、劉婆はしゃがんでぼくに声をかけた。

「達者かい」小鳥たちが歌った。

「劉婆、こんにちは」ぼくは挨拶をした。

「劉婆、こんにちは」小鳥の声がまた響いた。

ぼくと劉婆は見つめ合った。銀色に輝くちぎれ雲、青々とした野菜畑、金色の小鳥の群れがぼくの目に映った。

劉婆はもう長くないとぼくは悟った。

「おらを助けてくれるかい？」突然、劉婆はしゃがみ込んでぼくに尋ねた。

「おらを助けてくれるかい？」金色の小鳥たちも鳴き出した。

ぼくは泣かずにいられなくなった。

「おらを助けてくれるかい？」その意味は王巧児には分からなかったが、ぼくには分かった。劉婆を助けるのは誰だろう？　八十四歳の時、危篤に陥った劉婆を助け出したのは誰だったのだろう？

八十四歳になった時、劉婆は閻魔に呼ばれ、あの世に送られそうになった。子宮筋腫だと診断され、病院に見放された。だが、本当のことを言えば、年老いたせいだ。人間歳をとると、いつも一番弱いところを狙われるものだが、原因を突き詰めて言えば、老いたからだ。劉婆は病床に伏して数ヶ月間も起き上がれなかった。ホームは看護する人を配置し、二十四時間体制で介抱した。劉婆は意識を失ったり取り戻したりを繰り返し、一ヶ月あまりも食事ができなかった。この世に引き戻されたと思ったのも束の間、またすぐあの世に引き込まれる。劉婆は、この世とあの世の双方から引っ張られているような感じがした。

この世に残りたい、劉婆はそう願った。金色の小鳥たちのさえずりを聴き、太陽と月を眺めたかったのだ。子宮筋腫というのは、劉婆の命を奪う託《かこつ》けに過ぎない。子宮、なんという素晴らしいところだろう。しかし、劉婆にとってそれは残酷なものだった。二十代の頃、彼女の子宮にも子が宿ったが、間もなく流産してしまった。劉婆は「童養媳《トンヤンシー》」*だったので、子供を流産してしまうと、拳骨と冷や飯を食らう日々が始まった。新中国になってから、女性解放が叫ばれ、自由結婚が提唱されて、『小二黒の結婚』*という芝居が演じられた。劉婆は離婚し、

＊童養媳
新中国成立以前、農村部で見られた売買婚。幼女を買い取り、労働をさせ、成長後は息子と結婚させる。

＊『小二黒の結婚』
趙樹理（一九〇六〜一九七〇年）の短篇小説。村の若者の小二黒と小芹が親の反対や障害を乗り越えて結ばれる物語。

新しい相手を見付けて、再び身籠もった。しかし、またも子宮は彼女の味方にはならず、やはり流産してしまった。幸い二度目の夫は優しく、二人は和やかな家庭生活を送ることができた。

自分を助けてくれる人はいるだろうか？　八十四歳のあの年、病床に伏していた劉婆は考えた。

天命は尽きようとしていた。八十四歳まで生かしてもらえただけでありがたいというものだ。親に米五斗〔約十五キロ〕で売られた田舎娘、しがない童養媳が八十四年も生き長らえるとは。その間にどれだけの修羅場をくぐってきたことか。日本兵が襲ってきて銃を構えて女を犯し、主義主張の対立する二つの軍隊が殺し合い、省長、県長、郷長たちが代わる代わるやってきては去っていき、新中国の誕生を祝う国を挙げての大祭典が行われた。その後は、「三反五反運動」*に、人民公社の「共同食堂」*、三年続きの大飢饉だ。餓死した人の屍体が至るところに転がっていた。文化大革命が始まると、劉婆は夫のとなりに立たされ、批判大会で吊し上げられた。髪を切られ、あっという間に坊主頭にされた。農家の請け負い制や市場経済になると、個人経営が認められ、不動産の取引も自由になり、農民はみんな南方の都会へ出稼ぎに行った。これだけの修羅場をくぐり、八十四歳まで生きられる人は、いったいどれぐらいいるだろう？

食事も水分も、医療も薬も、もはや劉婆を助けられない。

米や麦、大根や白菜は天から人間に与えられた生きる糧だ。劉婆はそれらを食べて八十四年も生きてこられたが、今はもう口を開けることすらできなくなっていた。

＊「三反五反運動」
一九五一〜五二年にかけて中国で実施された政治キャンペーン。「三反」とは、汚職・浪費・官僚主義に反対すること。「五反」とは、贈賄・脱税・国家資材の横領・手抜きや原料のごまかし・経済情報の漏洩に反対すること。

＊「共同食堂」
一九五八年、生産性を高めるために、人民公社で無料、無制限に食べられる村民食堂が設けられた。食材は国負担、コスト意識がなく、浪費を招いたため、長く続かなかった。

最後に、劉婆は子供のことを思った。

ずっと産みたくても、産めなかった子供のことを。

八十数年生きて、数十人の子供の面倒を見てきた。

劉婆はその子供たちのことをどんなに愛していたことか。

子供たちの顔がひとり、またひとり、目に浮かんできた。少しずつ、少しずつ、子供たちは劉婆をこの世へ連れ戻そうとした。子供たちと死神との綱引きが始まった。

劉婆は、意識が朦朧としている時は死神と言葉を交わし、意識が戻った時は、子供たちひとりひとりに話しかけた。自分を眠らせない、意識を失わないように頑張った。

「しっかりしなくちゃ、子供たちと話をするんだ。絶対に生きるんだ」

劉婆の世話をした人たちは口をそろえて言った。「奇跡だね。普通の人なら、こんな苦しみが何ヶ月も続いたら、とっくに死んでるよ」

それでも、戦いが終わったわけではなかった。数ヶ月にわたる死神との綱引きは、引き分けになっただけだった。

劉婆は願を掛けることにした。願う心で力を得ようとしたのだ。世話をした子供の数はすでに数十人にのぼる。窓から見える空に向かって、劉婆は願を掛けた。世話をした子供の数が百人に揃うまで生かしておくれ。

こう願っていたら、綱がこの世に引き戻され、劉婆は勝った。劉婆は生き残った！

六

劉婆は願を掛けて自分自身を救った。ぼくも願を掛けて父さんを救おう。

ぼくには事件の現場が見えた。それは二階建てのレストランだ。入口に鮮やかなアーチがある。二階のひびの入ったガラス窓が見えた。その窓のある部屋は大きな宴会場で、そこに数十台もの円卓が置かれている。このひび割れたガラス窓のある宴会場で、ぼくの「九朝」祝いは行われるのだ。その円卓が見えた。少し古びて、厨房から料理を運び出す通路の入口に置かれている。普段は使われず、こまごまとした物の置き台となっているが、来客が多い時だけ、席を増やすために引っ張り出される。あの三日月形のナイフが見えた。

ぼくは思わず大声で泣きだした。

今朝、母さんは、宴会の会場を予約するためにぼくを連れ出した。家を出るときから彼女はもう不安な様子で、あたふたして物を何度も取り間違えた。レストランの二階に来て、会場の様子を目にした途端、母さんは気分が悪くなり、店を変えようとした。しかし、予約が取れる店はもうなかった。

ぼくの「九朝」祝いをする日はちょうど四月三十日で、通達で決められた五月一日の前日だったので、宴会を開く人が非常に多く、予約はとても取りにくくなっていた。もし、母さんが少しでも躊躇したら、ここもほかの人にとられてしまうだろう。

後に起きたことによって証明されるのだが、まさにその円卓のそばで父さんは刺されて倒れたのだ。凶器はその三日月形のナイフだ。普段、そのナイフは料理を運び出す通路の棚の上に置かれており、配膳係が料理人を手伝って、魚や鶏をさばいたりするときにそれを使っていた。父さんはここで李保衛と口論になり、李保衛が棚へ走って、そのナイフを手にし、父さんを刺したのだ。

「『九朝』をやりたくない！　そんなのいやだ！」ぼくは泣きながら叫び続けた。

母さんは激しい動悸に襲われて倒れそうになった。片手でお腹を庇い、もう片手をテーブルにつき、額に冷汗がふき出した。

「ねえ、坊や」母さんは言った。「今さらやめると言っても無理だわ。招待状だってもう出しちゃったんだもの。それに、父さんが許してくれると思う？」

「父さんを助けなくちゃ！」

どうする？　どうやって助ける？

とにかく、李保衛に会いに行こうとぼくは決めた。

いったい、なぜ、彼が父さんを殺さなければならないのか？　それを知りたい。二人は竹馬の友ではないか。劉婆に見守られてこの世に生まれ、劉婆に育てられた幼馴染ではないか。道端で親しく語り合う仲間ではないか。なぜ、殺そうとするのだろう？

母さんは通りを散歩していたが、わけの分からないまま李保衛の会社に来ていた。

李保衛に会うなり、ぼくには事の次第が分かった。ぼくの「九朝」祝いに来た李保衛は一回分の祝儀、五百元しか持ってこなかったのだ。ところが、父さんは彼が少なくとも五回分出してくれると期待していた。李保衛をどれだけ助けてやったかということはさておき、この二年間だけでも、李保衛は五回も宴会を開いて、父さんに祝儀を出させたのだから、通達で宴会ができなくなった今、李保衛は少なくとも五回分の祝儀を返してくれるはずだ、と父さんは思っていた。

母さんは李保衛に言った。「あなたたちはずっと兄弟のように付き合ってきた親友なんだから、誰をさしおいても、李さんを呼ばなきゃならないわ」

李保衛は言った。「安心してよ。たとえ槍が降っても、必ず出るから」

ぼくは叫んだ。「来てはだめ！　来るな！」

ぼくが暴れ出したので、母さんはお腹を押さえた。ぼくには、槍が降っても出席すると言う李保衛を止めることはできないし、誰をさしおいても彼を招待すると言う母さんを止めることもできなかった。

帝王切開の日がいよいよ近づいてきた。王巧児はよく通りを散歩していたが、いつもどうしたわけか李保衛の会社の前に来ていた。母さんは知らないが、実はぼくがそうさせたのだ。父さんを救わなくては。ぼくの力を振り絞ってでも。

王巧児は李保衛の事務所のソファーに腰を下ろしていた。母さんの体はもうだいぶ動きづらくなっていた。最初、李保衛は気を遣って、母さんの話の相手になってくれたが、回を重ねるうちに、忙しい彼はいちいち構っていられなくなった。そういう時、母さんはひとりでソファーに坐って、ティーカップをぼんやりと眺めていた。何を話せばいいのだろう。何かがおかしい気がするが、どこがおかしいのか、彼女には分からなかった。何か言いたくても、それがはっきりしないのだ。

祝儀は必ず五回分を出すようにと、李保衛に言うべきか？　そんなこと王巧児にはとても言えない。実際のところ、祝儀五回分と一回分とはどれだけ違うというのか。二千元？

二千元って、そんなに拘るほどの金額かしら？

考えているうちに王巧児は分かってきた。実は面子に拘っているんだと。人は面子のために意固地になることがある。李保衛は今、出世して金持ちになっただけではなく、人事権を握る副部長のお気に入りとなり、人の指図を受ける昔の彼ではなくなった。だから、面子のために、彼と副課長は張り合うようになった。相手の顔を立てるかどうか、相手の顔を立てるなら、どこまで立てるのか、それが一大事だった。


劉婆は願を掛けて自分自身を救ったが、そうたやすくはなかった。

その時劉婆はすでに八十四歳だった。回復はしたものの、軽い認知症の症状が残った。認知症を治すために、劉婆は、毎朝早く起きて、地平線から昇る太陽に向かって発声練習をしたり、記憶力を鍛えたりしていた。半年以上かかったが、なんとか回復した。すると、劉婆は子供たちの世話をするために村に戻ることにした。その歳で子供の世話ができるのか？

劉婆だから、できるのだ。

劉婆は六十二歳のときに村を出て老人ホームに入ったが、その後、子供たちの世話をするために何度か村に戻ったことがある。ホームに入った最初の五年間は野菜作りをしていたが、農家の請け負い制が導入され、個人経営が許されるようになると、人々は忙しくなり、子供の世話をする人が次第に足りなくなった。劉婆もホームでじっとしていられなくなった。それまでずっと子供の世話をしてきたし、ホームでの生活はあまりにも寂し過ぎるので、劉婆はしょっちゅうホームを抜け出して子守りを引き受けた。劉婆の子守りはよく知られていた。泣き止まぬ子、手のかかる子、劉婆に預けると、幾日もしないうちにみんな静かになり、聞き分けのよい子に変わった。劉婆が七十歳から八十歳までの間、世話をした子供が最も多かった。ときには同時に数人を一緒に見ることもあった。その頃、大人たちはみんな南方へ出稼ぎに行ってしまったので、村に残された子供の面倒を見る人が足りなくなり、劉婆は忙しくなった。

八十四歳を過ぎても子守をする劉婆のことは評判となった。死の淵から蘇った劉婆の髪の毛はすっかり白くなり、大きな雲のようだった。近所の家で赤ちゃんができ、産院で生まれる時、みんなはよく劉婆に来てもらった。劉婆は若い頃助産婦の手伝いをしたことがある。今は歳をとって赤ちゃんを取り上げることはできなくなったが、劉婆がそこにいるだけでみんな安心した。劉婆も付き添うことが好きなので、請われてはいつでも喜んで応じた。子供の誕生を見守り、赤ちゃんの第一声を聞くこと、それはなんと喜ばしいことだろう。

二度も流産して自分の赤ちゃんの産声を聞くことはできなかったが、劉婆は人の赤ちゃんの泣き声を聞くのが好きだった。劉婆が妊婦の家族と一緒に産院の廊下の椅子に坐って待っていると、まるで大きな白雲がそのあたりに漂っているようで、赤ちゃんの親、親類、医者や看護師まで、みんなが安心していられた。劉婆がそばに静かに坐っているだけで、みんなが穏やかになれた。白い雲はしばらく静かに浮かんでいるが、赤ちゃんの産声が響くと、ゆらりと動きだした。

劉婆は一貫して自然分娩を主張した。出産の時、劉婆がその場にいさえすれば、赤ちゃんはみんな順調に生まれる。赤ちゃんの誕生には必ず通る道がある。妊婦が産室で激しく叫んだり喚いたりしても、劉婆は少しも慌てなかった。叫んだり喚いたりする、それこそが人間の誕生なのだ。劉婆は、ある時は産院の廊下で妊婦の家族に付き添い、ある時はベッドの枕元で産婦に付き添った。大きなお腹の妊婦に寄り添い、赤ちゃんが生まれるまでの十数時間、大きな雲はずっとそこに浮かんでいた。お産の十数時間はまるで十数ヶ月、十数年のように長く耐えがたく感じるが、大きな雲はまるで白い石になったかのように動こうとしなかった。劉婆が穏やかに待っていると、ドラや太鼓を鳴らす音が上空から聞こえてくる。空の上で、赤ちゃんを迎え、新しい生命を迎える儀式が始まったのだ！

劉婆の世話を受けた子供の数が多くなるにつれて、劉婆の体もますます丈夫になった。

七

帝王切開の予定日間近の数日間、県都はずっと雨だった。母さんは傘をさし、片手で大きなお腹を庇うようにして街中を毎日歩き続けた。焦燥や不安、言いようのない恐怖が雨の中を落ちる葉っぱのように彼女の体にはりついた。母さんは家を出て、アスファルトの道を進み、交差点をいくつか通り過ぎ、コンクリートの道を歩いて行った。道の両側の青桐の葉が雨に打たれ、ひらひらと舞い落ちるなか、ぼくたちはその日も李保衛の会社に向かった。お腹にいるぼくが必死に急かすので、母さんは行くしかなかった。もう時間がない。父さんを助けなくちゃ。

もうすこしでうまくいきそうだったことが二度あった。一度目は、李保衛の事務所にいた時だった。あの日、大雨に足止めされて、母さんと李保衛は幼い頃の思い出話をし始めた。劉婆に育てられた話になり、李保衛は少し心を打たれたようだった。彼が何度も奥の部屋に入って、ためらったり、考え込んだりしているのが見えた。奥の部屋には祝儀の入った赤い包みがずらりと並べられていた。それは近いうちに出席する宴会のために用意された祝儀袋だった。

奥の部屋で李保衛が涙を流しているのが見えた。まさかあの人が涙を流すとは。どうしてだろう？　奥の部屋には神像が祀ってあり、その前に三本の香が立てられ、果物が二皿供えられていた。神像のそばにテーブルがあり、その前に椅子が置かれている。電灯もつけずに李保衛は暗がりのなかで椅子に坐って肩を震わせて泣いていていた。

李保衛は、副部長に贈る大きな祝儀袋とぼくの「九朝」祝いに用意した小さめの祝儀袋を取り換えようとした。だが、泣き終わると、ためらったものの、結局取り換えなかった。

母さんは何かを感じとった。李保衛が出てきた時、顔に涙の跡がまだ残っていたからだ。

「どうしたの？」

「何でもない」李保衛は笑顔を見せて答えた。

母さんは言った。「ねえ、私たちは幼馴染よね。長年の付き合いだから、もしなにか至らない点があっても、気にしないでね」

「気になどしないさ」と李保衛は言った。

母さんはもうしばらく話をし続けたが、李保衛はすでにいつもの表情に戻っていたので、母さんは切り上げるしかなかった。


帝王切開の日がいよいよ迫り、ますます時間がなくなってきた。ぼくに追い立てられて、母さんは眠れず、居ても立ってもいられなくなった。この二、三日、雨がさらに激しくなり、早春の寒さが骨身に染みる。「今日はやめようか」と、母さんは少し躊躇したが、ぼくは承知せず大声を出して暴れた。母さんは仕方なくぼくに従った。

ぼくと母さんは風雨の中を歩いていた。アスファルトとコンクリートの道の境界線まで来た時、一陣の突風に煽られて母さんの傘がひっくり返った。ちょうどその時、李保衛が車でそこを通りかかった。雨のなか、妊婦がなんとか傘を戻そうと、風雨と悪戦苦闘している。まさかそれが王巧児だったとは、李保衛は思いもしなかった。

李保衛はちょうど劉婆を見舞いに老人ホームに向かう途中だった。ぼくたちは彼の車に乗せてもらった。車内は広くて快適だった。母さんは体を斜めにしなくても助手席に坐ることができた。車が県都からホームに向かう国道を走りだすと、母さんは水滴を拭きながら劉婆の話をし始めた。途中、母さんはずっと話し続けた。劉婆のこと、自分たちの幼い頃のことをひとりで話し続け、李保衛がずっと黙っていることにも気が付かなかった。李保衛は前方をまっすぐ見ていて、その心はすでに石のように硬くなっていた。一回分の祝儀しか出さないと決めた彼の気持ちはもう変えられない、とぼくは悟った。

ぼくは劉婆に期待をかけた。石のように硬くなった彼の心を劉婆がほぐしてくれることを願った。

老人ホームに着くと、李保衛も父さんと同じように、劉婆の部屋にあるテーブルや椅子の拭き掃除を甲斐甲斐しくやりだした。母さんは劉婆の髪を梳いてあげた。劉婆は気持ちよさそうに彼らの幼いときの話をしだした。「仲良くするんじゃよ」と劉婆に言われると、李保衛は素直に応じた。

劉婆はもう煎じ薬を飲んでいなかったが、部屋の中にはまだ漢方薬の匂いが残っていた。母さんのお腹をゆっくりさすっていた劉婆の手から次第に温もりが消えていった。

ぼくと劉婆は見つめ合った。

涙が劉婆の頬を伝って落ちるのが見えた。うっすらと淡い涙の一粒は、まるで空の遥か彼方に浮かんでいる星のようだった。

「九朝」祝いをやめさせることも、李保衛を変えることも、劉婆を助けてあげることも、ぼくにはできないと分かった。どんなに彼らを救いたかったことか。

「精一杯頑張ったけど」ぼくは泣きながら劉婆に訴えた。「彼らを救いたかった。劉婆も救いたかった。でも、ありったけの力を出しても救えなかった」

「分かっとる」劉婆は言った。

「大人たちは誰もぼくの話を聞こうとしないんだ」ぼくは泣き続けた。

「分かっとるよ」劉婆はゆっくりとぼくをさすり続けた。

大きな雲がぼくの前からおもむろに離れ、ゆっくりと遠くへ漂い去っていくのが見えた。

八

最後の力を出し切るまで頑張ろう。

父さんがベッドで横になり、母さんに頼まれてぼくに物語を聞かせた。ぼくに話が分かるのかと、父さんは半信半疑だった。ぼくがもうすぐ生まれようとするあの数日間、県都では雨が降り続いていた。父さんも外出をやめて、毎晩母さんのお腹に向かって語りかけた。『水滸伝』の「魯智深千里渡りて林冲を見送る」とか、『三国志演義』の「桃園結義」とか、いずれも友情を重んじる話だ。しまいには話のネタが尽きてしまった。それでも、ぼくにせがまれて、父さんは自分の若い頃の理想を語り始めた。

それこそぼくの意図するところだった。父さんは優秀な成績で省都の大学に進学し、全校弁論大会のチャンピオンにもなった。卒業後、役所に配属された父さんは、故郷に戻って大業を成し遂げようと胸を膨らませていた。しかし今、膨らんだのはそのビール腹だけで、会合や酒の付き合いに明け暮れる日々を送っている。理想は、会合や書類と尽きることのない酒宴に変わり果てた。自分の夢を語る時、父さんは目に涙を浮かべ、何度も言葉を詰まらせた。

「父さん、そんなに落ち込まないで。ぼくがいるじゃないか。父さんの夢をいつか必ず叶えてみせる」

ぼくの言葉を理解したかのように、父さんは母さんのお腹を優しくさすって言った。「そうだな。我が家の夢を叶えないとな」

いまだ。本題に入るぞ。

「父さん、ぼくたちの夢を叶えるために、細かいことに拘るべきではないよね。ささいなことで腹を立てたりしてはいけない。そうでしょ？」

母さんはぼくの言葉をさっそく父さんに伝えた。「そうだ」と父さんは言った。

「もし李保衛が一回分の祝儀しかもってこなかったとしても、ぜったい怒らないでね。将来ぼくは一生懸命節約するし、勉強も頑張るから。いいでしょ？」

それはまさに母さんが言いたかったことなので、母さんはすかさず父さんに伝えた。

「だめだ！」父さんは言った。「李保衛のやつ、今回一円でもケチってみろ、ぜったい許さないぞ」

後に起きたことはまさにその通りになった。「九朝」祝いの日、李保衛は時間どおりにやってきたが、一回分の祝儀しか出さなかった。入口で記帳する案内係たちはさっそくそれを接客に忙しくしていた副課長に伝えた。

副課長はまさかと思って、案内所に走り、帳簿を手に取って見た途端、顔色が変わった。副課長は李保衛に駆け寄って、その横っ面に一発ビンタを食らわしてやりたかった。「乞食のくせに図に乗りやがって。顔を立ててやったのに」と内心で罵った。だが、彼のびんたがもう少しで李保衛の顔に届きそうになった時、突然、気が変わった。やはり彼は副課長だから。副課長は李保衛の肩をつかんで、タバコを一本差し出した。李保衛も自分のを一本取り出してよこした。タバコに火を付け合っていた時、副課長の脳裏に李保衛を懲らしめる方法が閃いた。彼は李保衛を料理が運び込まれる通路脇に置かれているあの円卓の席に案内して、彼ひとりをそこに坐らせた。

周りのテーブルの席がすべて埋まり、李保衛はようやく副課長の悪意に気付いた。このテーブルは彼ひとりだけだが、ほかのテーブルは全部満席となり、座席を追加したテーブルさえある。それなのに、案内係は彼のいる円卓に誰も坐らせようとしない。彼はほかのテーブルに移動しようとしたが、副課長の指示を受けた案内係たちはそれを許さなかった。

ほかのテーブルには李保衛の知り合いもいた。彼と挨拶を交わす時、みんな訝しげな目で彼を見ていた。

李保衛は嫌気がさして帰ろうとした。しかし、出口まで行くと係員に連れ戻された。帰れなくなった彼は開き直って、あたり構わず派手に飲み食いし始めた。

それを見て、副課長はますます苛立った。「よくも平気で食っていられるもんだ」彼はすぐ次の一手を思いついた。司会者が祝辞を述べ終わると、副課長はマイクを取った。李保衛の面子を完全に潰して、県都の社交の場から締め出してやる、この世界に入ってきたときと同じ惨めな姿で出て行ってもらおうと、副課長は腹を決めた。

マイクを握った副課長は、みんなに感謝の言葉を述べ、来客たちの祝盃を受けた。今日は息子の誕生祝いだから、飲むのはもちろんだが、それだけではない。李保衛を懲らしめてやろうと彼は考えた。話の締めに、彼は李保衛を話題に上げた。李保衛に感謝したいと前置きしてから五回も感謝の言葉を述べた。述べるたびに一つずつ李保衛に招待されたことを話した。「本日は、李さんにお越しいただいてありがとうございます」と切り出してから、去年李保衛に招待された宴会の席で、李保衛が何と言ったかを説明する。一つの話が終わると、また李保衛への感謝の言葉を繰り返し、去年李保衛に招待された別の宴会の思い出話を始める……とにかく、この二年間に李保衛が開いた宴会のことを漏らさずみんなに聞かせた。聞かされたほうも副課長の意図を感じ取り、「あはは」と声を上げて笑った。

李保衛はいたたまれなくなり、再び腰を上げ、立ち去ろうとしたが、数名の案内係に押さえられた。彼は帰るに帰れず、青ざめた顔をして、ひとりぼっちの円卓の席でやけ酒をぐいぐいと呷《あお》り始めた。

副課長は王巧児とぼくを連れて来客に盃を勧めて回り、上機嫌だった。隅っこに追いやられ、怒りで小刻みに体を震わせている李保衛を見ても、彼はまだ満足しなかった。ぼくには例の三日月形のナイフが棚の上で冷たく光っているのが見えた。

盃をひとまわり交わしてから、副課長はもう一度マイクを取り、彼の感謝節を再開した。さすがかつての弁論大会のチャンピオンだけあって、軽妙な言葉が淀みなく繰り出される。みんなへのお礼の言葉から始まり、李保衛への感謝の言葉に移り、彼らの友情話まで披露した。突然、彼は李保衛がかつて乞食をしていたことに言及し、こう締め括った。「皇帝の朱元璋〔明の初代皇帝〕だって、昔は乞食だった。さすれば、李さんもただ者ではないな」

このときになってはじめて、王巧児はようやくぼくが言ったことを理解した。大変なことになったと気づいたときは、彼女にはもうどうすることもできなかった。

突然、李保衛は怒鳴って跳び上がった。テーブルを蹴り飛ばし、棚のほうへ走って、あのナイフを掴み取った。

劉婆を呼んで、ふたりを止めてもらわないと、と母さんはとっさに思った。だが、その時、劉婆は床に伏し、その命はもう尽きようとしていた。

劉婆はぼくの「九朝」祝いに出席しなかった。ぼくが生まれたあの日も劉婆は病院に駆けつけなかった。その日、劉婆はぼくが生まれるのを知っていたが、病に伏し、生死の境を彷徨《さまよ》っていた。ぼくの誕生を見届けたくて、劉婆は自分を呼び覚まそうとした。しかし、どんなに頑張っても劉婆は自分を呼び覚ますことができなかった。

なぜできないのか、ぼくはその理由を知っている。

帝王切開でぼくが取り出されたあの日、空にはドラや太鼓を鳴らす人はいなく、空からぼくを迎えに来てくれる人はひとりもいなかったからだ。

本来、子供が誕生する時、何千何万もの人が空にお迎えの列を成し、盛大で、厳かな儀式を執り行うものなのだ。人間は天地と同様に大きな存在だからだ。しかし、ぼくは、帝王切開で早めに取り出されたため、英気が足りていなかった。人間の命を司る神様のご下命がまだなのだから、ドラや太鼓の音を鳴らしてぼくを迎えに来る人が現れるわけがない。

空にドラや太鼓の音が鳴らなかったから、劉婆にはその音が聞こえなかった。劉婆が叫んでも、その声は誰にも届かなかった。

それでも劉婆は諦めずに叫び続けた。

八十四歳のときに命の危機に見舞われた劉婆は、その後もまた二回ほど大きな試練を受けた。一回は一九九八年の大洪水だ。もう一回は二〇〇三年のSARS*の時だった。あのときは、神様が大勢の人間の命を取り戻そうとしたのだ。そのなかに劉婆も入っていた。それは八十六歳と九十一歳の時で、劉婆は二回とも昏睡状態に陥った。意識が朦朧としながらも劉婆は呼び続けた。世話をした子供たち、世話できなかった子供たちに呼びかけ続けた。百人の子供の世話をすると願を掛けたのに、まだ百人には達していないじゃないか。叫び続けるうちに、空からドラと太鼓の音が聞こえてきた。すると、劉婆の意識は戻った。

その百人目の子供は確かぼくのはずだった。ぼくなら劉婆を昏睡から呼び覚ますことができるはずだった。

ぼくが生まれようとしたあの数日間、雨が降り続いていた。「おらを助けて」と劉婆はずっ

＊SARS
重症急性呼吸器症候群。二〇〇二年末、中国の広東省を起源とする感染症で、世界三十二の地域と国に広がり、中国では社会的パニックを引き起こした。

とぼくを呼んでいた。ぼくも劉婆を助けたかった。劉婆を助けてあげられるのはぼくしかいないと分かっていた。

劉婆はぼくを呼び、ぼくも劉婆を呼んでいた。しかし、呼び合うふたりの声は互いの耳に届くことはなく、空《くう》を虚しく彷徨うばかりだった。

✺訳者あとがき

今回初めて紹介する作家普玄は、一九六八年生まれ、湖北省谷城県の人。教員、セールスマネージャー、記者を経て作家へ。現在は中国作家協会に所属する作家として活躍し武漢に在住している。多くの短編のほかに、中篇には〈虚弱的樹葉〉〈月光罩灯〉、長篇には、〈雪地密碼〉〈五十四種孤単〉（共著）と〈疼痛吧指頭〉などがある。三十余りの作品が《当代》《収穫》《小説月報》など中国の代表的な文学誌に登載された。《小説月報》の「百花賞」や呉承恩長編小説賞など、多くの受賞歴をもつ普玄は〝反成長文学〟作家としても注目を集めた。「〝反成長文学〟シンポジウム―武当山普玄作品懇談会」（二〇一四年五月三一日）で、中国当代文学研究会会長の白燁は、「小さなことから全体を映し出し、人々の社会に対する反省と再確認を喚起するのが普玄作品の特質だ」と語った。社会の周辺でもがきながら強く生きる人々を題材とし、社会問題に鋭く切り込む作品の力強さが高く評価された。

普玄にはハンディキャップをもつ子供を題材にした作品が多い。自閉症の息子をもつ父親の苦悩と絶望を描いた〈疼痛吧指頭〉は、二〇一八年の第三回施耐庵文学賞を受賞した。なぜ、自閉症の子供を題材にするのか？　それは普玄自身が抱えている現実であり、自閉症の子供の世界を人々にもっと理解してほしいと願うからであろう。作品は親子の絆を基軸にしているが、人物関係は親子に留まらず、時代と運命に翻弄された祖父母世代までをも巻き込みながら、それぞれの転換期にある中国社会の問題を浮き彫りにしている。

今回訳出したこの作品にもその特徴が見られる。生まれようとする赤子の無垢の目を通して、物欲にまみれた大人のエゴと弊習の蔓延する今日の中国の世相を映し出す一方で、コミュニケーションの取れない父と子、子の思いを感じ取る母親、命の秘密を分かち合う老婆、命が吹き込まれたような一枚の紙切れ……ファンタスティックな世界を展開していきながら、さまざまな時代を生き抜いた百寿の老婆の一生と対比するかのように、四人の男の死に様をリアルに描いている。人間の生き方とはどうあるべきかと問いかけられているように感じられた。

■倉持リツコ（くらもち　りつこ）
司法通訳人。翻訳に、法律、特許、医療文献などのほかに、「明君か？　梟雄か？
――『三国志演義』の劉備像」（『三国志論集』汲古書院、共訳）がある。

カケスはなぜ鳴くか

陳 応松
大久保 洋子訳

原題　〈松鴉為什麼鳴叫〉

初出　《鍾山》2002年第2期

転載　《小説月報》2002年第5期

テクスト　《鍾山》2002年第2期

作者　【ちん おうしょう　Chen Yingsong】
1956年湖北省公安県生まれ

突然、激しい雪が降り始めた。伯緯《ボー・ウェイ》はすでに万年雪地帯の道路に足を踏み入れていた。言い伝えによると、かつては皇天垭《ホアンティエンヤ》を越え、さらに韮菜垭《ジウツァイヤ》を越えれば、房《ファン》県に通じる古い塩の道に出たそうだが、伯緯は行ったことがない。その道へは何日もかけて、殺人岡《シャーレンガン》や打劫嶺《ダージエリン》、百《バイ》歩梯《ブーティー》、九条命《ジウティアオミン》——すべて実在する地名だ——を通らねばならない。九条命とは九人の塩担ぎ人夫の命。韮菜垭は六十年代に七人が殺害された場所で、さほど昔のことではない。房県の荷担ぎ人夫二人が、神農架《シェンノンジア》に測量に来た林業部と省林業庁の技術員たちを殺したのだ。被害者の中には、大学を卒業して結婚したばかりの者もいた。二人の人夫は原生林の中のあるかなきかの道をたどり、奪った金を担いで房県に逃げていった。今、その道はすでに人跡もまれな深山に埋もれ、眼前の道路に取って代わられている。分厚い氷や、道路際の崖に凍りついた滝がそこかしこに見える。雪片は大きく、硬い霰《あられ》が混じっている。ここから周囲を望めば、見晴るかす皇天垭は峻厳な姿を露わにし、彼方の山の頂《いただき》や谷間には群青色の霧が立ち込め、サワグルミすら恐れ慄《おのの》いて痩せた枝をそそけ立たせている。グイマツだけが舞い踊りながら、青緑色のスカートを広げている。じっと見ていると、それらは木の精に変化しそうだった。伯緯は、道路に見え隠れする人たちが、雪の中、縁石用のコンクリートブロックを積み上げているのに気づいた。

こいつはいい。伯緯は鞭を振るい、山羊たちが作業員や砂利の山の間に紛れ込まないようにした。それに仮設の飯場もある。心が躍った。すでにできあがったブロックを眺めると、石を積んでから枠で囲みセメントを注いでいる。木の枠が道の傍らに置かれている。とりわけ馬鹿でかい奴はまるで棺桶のようだ。だが伯緯には、そんなブロックで事故を起こした車を止められるのか、疑問だった。小型車ならともかく、大型車はブロックを跳ね飛ばして谷に落ちていくだろう。

山に草はなかった。万年雪の頂では、雪が草を覆い隠し、山羊が食べられるものはない。山羊を追って山を下りたら、ここの様子を家族に伝えなければ。

「山じゃ、そこら中がコンクリートのブロックだらけだ」彼は女房の三妹《サンメイ》に言った。娘や婿、孫にも言った。

「山羊がまだ鳴いてるでねえの」三妹が台所から出てきて、冬の炉にいぶされ赤く腫れ上がった目を大きく見開いた。誰も彼を相手にせず、誰も彼が話したこと――道路のコンクリートの縁石――を気にかけなかった。

彼は炉端に腰を下ろし、煙草を吸い始めた。おもてに糞をしに出た犬が戸を押し開けて戻ってきて、伯緯はてっきり、山羊が腹を減らして入ってきたのかと思った。犬の体は雪にまみれ、足は濡れていた。伯緯がぼんやりと煙草を吸っていると、焦げた匂いがする。犬だ、自分の毛を火で焦がしてしまったのだ。

「このまま工事をしていけば……」彼はさほど楽観的な気分ではなかった。あの見え隠れする人たちや雑然とした工事現場に、この冬一番の興奮を感じてはいたのだが。雪はますます厚く降り積もり、山羊の鳴き声は一層耳障りになっていくだろう。縁石を作る労働者たちは亀のように飯場に縮こまり、それからあの石や砂利を雪解けの春が来るまで置き去りにして、工事は中途半端に終わるのだ……だが物事はいつも移り変わる。彼はもう年老いた。煙草をすぱすぱ吸い、口をもぐもぐさせて、一本の歯を吐き出した。

かつての伯緯はとても丈夫だった。滑らかな顔は樹皮が剥がれたばかりのダケカンバのよう、両手の指は一本も欠けることなく、歯並びはきれいで見た目はまずまず、一重瞼で、思い煩うこともなく、元気いっぱいだった。およそ二、三十年前のことだ。ある日、彼は皇天埡から村に向かう途中の「御触れの断崖」を調べていた。てかてかと光る岩壁の表面には、言い伝えによれば天書（神仙の書いた文字）が書かれていて、読み取れた者は皇帝の娘婿になれるといわれていた。地元の人々は皇帝について語るのが好きだったが、自分たちが皇帝からどれほど離れているかは知らなかった。長年の間には、この馬鹿げた話に本当に騙される者もいた。清の同治年間（一八六二〜一八七四年）には、挙人坪《ジューレンピン》の三人の挙人*が理不尽にもここで処刑された。伯緯はその日、ついにかすかな手がかりを見出した。少なくとも二《ふた》文字をはっきりと読み取った。一つは草書の「路」、もう一つは草書の「縁」だ。伯緯は飛んで帰ると村人に言った。

「あすこで二文字読み取ったぞ！」

村の科挙廟はすでに生産隊の本部となり、頭上には毛主席語録や「民兵師団を大いにつくろう」*といったスローガンがたくさん書かれていた。入り口には老人と、物憂げだが実は凶暴な犬がいつも腰を下ろし、豚の頭皮の塩漬けや、ショウマ、ニンジン、イカリソウ、エンレイソウなどの薬草が一面に干してあった。犬は、図太いヤマネコやリスと並んで池のほとりで水

＊挙人
科挙の地方試験に合格し、中央での試験に応じる資格を得た者。

＊民兵師団を……
毛沢東が一九五八年に打ち出した戦略方針。

を飲んでいる。老人たちは伯緯を嗤い、あいつに吠えろと犬をけしかけた。彼らは伯緯のことも、伯緯が着ているどこから調達してきたかわからない緑色の軍服も気に入らなかった。「伯緯、おめえにどれだけ文字が読めるっていうんだ？」彼らは『七姐思凡』*や『黒暗伝』*といった歌集の写本を手に、この世間知らずで大口を叩く若者を嘲笑った。「草書だって？　そんなわけはねえ、神さまは崩し字なんて読めるわけがねえからな。懐素の草書か、それとも張旭の草書か？*　ハハ、ハハハ……」「おめえに文字がわかるってんなら、皇天埡からどれだけ状元*が出ることか」

翌日、畑に行く前に、伯緯は鍬を背負ってまたこっそりと御触れの断崖に行ってみた。あの二文字――「路」と「縁」は、はっきりと彼を出迎えた。確かにこの二文字だ。崖一面にこの二文字が乱れ飛んでいる。路路路路……縁縁縁縁……

二十歳をいくらか過ぎたばかりの若者だった伯緯は、村人たちの嘲笑を少しも気に留めなかった。そんなことは何でもない。もしも文字を見分けられなかったら、彼とてこんな迷信は信じなかっただろう。

ふもとから皇天埡村へと延びる道はまるで一本の輝く綱のようで、慎重に大きくカーブするその道を見ていると、人々の目は時折わけもなく潤んでくるのだった。小道は坂の上の人家まで続いていて、物音もなくひっそりとしている。渓流がよろめくように道を横切っているが、その水は穏やかで清々しい音を立てている。道はそのまま断崖の上へと続く。道端で野良仕事をしていた農民が、牛もろとも崖から落ちたことがあった。その日、伯緯は夜通し泣き明かし

*七姐思凡　昆曲『孽《げつ》海記』の一節。

*黒暗伝　湖北省神農架の漢族の創世神話。歌謡の形で明清時代から伝わり、公式には一九八四年に発見された。

*懐素、張旭　懐素（七二五〜七八五年）、張旭（生没年不詳）はともに唐代中期の書家。狂草体の名手として並び称される。

*状元　科挙の最終試験に首席で合格した者に与えられる称号。

た。彼は自分に問いかけた。「失恋したわけでもあるめえし」伯緯には妻がなく、女に触ったこともなかった。

数日後、伯緯は紅旗岩《ホンチーイエン》に道路工事に行くことになった。

それは全くの偶然だった。

房県と興山《シンシャン》を結ぶ房興道路建設本部に人民公社が工事夫を派遣することになり、村ごとに少なくとも二人の若い男を出さねばならなかった。生産隊本部の廟台*で、発破工事に伯緯ともう一人、地主の息子の王皋《ワン・ガオ》を行かせることを話し合った時、何人かの年寄りは憎々しげに、伯緯に行かせろ、あいつは岩に押し潰されちまえばいいんだ、と言った。

かつて神農架にはこういう陰険な人間はいなかった。今はこういう人間が出てきて、まるで伐採隊が憎々しげに振るう斧のように、見れば何でも叩き切りたがるが、実は何の悪意もない。彼らは伯緯と王皋が荷物を背負って村を出発しようとしているのを見て、声をかけた。「町へ行くのか？　おめえらは本当に運がいいな、皇帝さまの娘婿になれるかもしれねえぞ」

伯緯と王皋は尾根の小道を物憂い気分で歩いた。それは寂しい旅だった。あまたの山を越え、いくつもの河を渡らねばならない。しょっちゅう靴を脱ぎ、ズボンの裾を捲《まく》り上げる。方向を見定めねばならなかったし、木を切り倒し、蔓《つる》をはらって道を見つけねばならないこともあった。

日が暮れると岩屋――つまり、洞窟だ――しか見つけられず、二人は仕方なくそこで布団を

＊廟台
屋外に設けられた伝統演劇を上演する舞台。

かぶって夜を過ごすことにした。昼飯のトウモロコシ粉の団子はとっくに食ってしまい、もう食う物がない。汗が身体に悪さをするだろう。山中に獣の咆哮が響き渡っている。伯緯が火を起こすと、王皋は辛味噌の瓶を取り出し、蓋を開けてよこした。「食うか?」王皋が一日中出さなかったのだから絶対に貴重なものだ。伯緯は暗闇の中で辛味噌を口に入れた。うまい。辛くて、うまかった。闇に乗じてもっと口に入れ、くちゃくちゃと噛んだ。おっかさんが作ったのか? 王皋は答えた。いや、三妹だ。三妹とは王皋の新妻、呉《ウー》三妹だ。嫁さんは辛味噌作りがうめえな! 辛さで見る間に汗をかき、全身がすっきりと爽快になった。だが王皋は突然泣き出した。

「ああ、俺はもう死ぬと決まった」

「何を言ってるんだ、なんで死ぬんだ?」

「あいつら、伯緯のことを岩に押し潰されちまえって言ってたでねえか」

「押し潰されるのは俺で、おめえでねえ」

「どのみち俺はもう死ぬんだ……」

山に吹く風はまるで骨を削るナイフのよう、岩間を縫って生えるマツやモミは狼のように唸り声を上げている。伯緯はカッとなった。彼は後に思い起こすことになる。この日、激怒して王皋をこっぴどく罵ったことで、邪鬼を追い払い、おのれの命を落とさずに済んだのだ。だが邪鬼は王皋の方にくっついてしまった。

「……馬鹿を言うな、相棒。腹が減っておかしくなっちまったのか? その臭え口《くせ》をさっさと閉じて、ぐっすり寝ろ！」

王皋は言った。「俺は死にに行くんだってずっと考えてるんだ、本当にそんな気がするんだ。だが俺には逆らえねえ。好きで地主の息子に生まれたんでねえのに」こうも言った。「兄弟、もし俺が死んで、骨だけになったら、その手で連れて帰ってくれるか？」

「ああ、わかったよ。いいよ、そうしてやらあ」

「もし転んで、骨をばら撒いちまったら？」

「いい加減にしろ！　ばら撒いちまったらまた拾えばいいだろう！」伯緯は冷や汗をかいた。

「二人とも崖の下に落ちちまったら？」

「もう辛抱ならねえ、相棒！」伯緯は言った。「おめえを背負って帰れば済むってこった。俺が死んだらそれまでだ、おめえには頼らねえ。ちっとは眠ったらどうだ？　見ろ、月がもうあんなところまで昇ってるぞ」

「そんなら、俺たち誓いを立てよう」

「ちっとは寝たらどうなんだ！」

翌日も道を急いだ。三日目に工事現場に着いた。

手続きを済ませると、二人は第四班に配属され、発破作業に向かった。

発破とは、爆破作業だ。男が爆破し、女が斜面をならし、水路を掘り、道を舗装する。爆破係は朝から爆薬や雷管、たがね、ハンマーを担いで出かけ、夜には身体中から硝煙の匂いをさせて戻ってくる。崖の上に宙吊りになって一日を過ごすのだ。

王皋は怖がった。彼は臆病者で、爆薬や崖を怖がった。俺は驚いただけで死にそうになるんだ、とも言った。現場に着いて安全ベルトをつなぎ、雷管を受け取る時には、まず両足がわななき、それから全身がガタガタ震える。「唄ってもいいか?」王皋はたくさんの唄を唄った。彼はとても良い声をしていたが、唄う時はマラリアにかかったように震えた。元々、その喉を活かして宣伝隊に入りたかったのだが、地主の息子なので断られ、入れなかったのだ。現場に着いたばかりの数日間は唄のうの字も出なかったが、度胸がついてからは唄うようになった。まずは『毛沢東時代より良いものはない』、それから『なるならこういう人になろう』、そして「おまえは河向うに住んでいる、飼ってる赤犬は性悪だ、よそ者来ればがぶりと噛みつく、俺はその毛をなでてやる、犬もいいひと恋い慕う……」と唄う。これは伯緯と一緒にいる時にだけ、こっそりと唄った。神農架の艶歌は弔いの唄にも似て、もの悲しさに満ちている。だが長くはなく、唄い終わればその時の気分はすぐに忘れてしまうような、誰にも知られず、一人でこっそりと自分に唄って聞かせるような唄だ。

伯緯は補給班から爆薬の箱をもらって持ち物を入れた。錠前をつければ上等の衣装箱になる。王皋はいらないと言った。彼は休憩時間に山の木を切り、木工班に箱を作ってもらった。あの辛味噌は、現場に着いてからは伯緯に食わせず、自分の木の箱に入れ、伯緯に隠れてこそこそつついていた。

第四班はもっぱら崖に爆薬をしかける役目だった。つまり、崖に足場を作るのだ。爆破して足場を広げると、第二班が縦に爆破する。縦穴を作るのだ。第四班の仕事は地獄への道だった。ほとんどが地主の息子で、宜昌《イーチャン》から来た労働改造犯も多い。だから現場ではこんな唄が流行った。「ハイカラ二班、野暮天地主の第四班、どっちつかずの第三班、百戦錬磨の第一班……」

王皋はその唄を覚えて、毎日声を張り上げて唄った。きっと自分の運命を嘆いていたのだろう。ある夜、傍らに寝ていた王皋は伯緯を蹴って起こし、言った。「死人の夢を見た。みんな死んでた」

伯緯は言った。「おめえは目が覚めてるでねえか」

「河からたくさんの手が伸びてきて、俺たち爆破係を連れてくんだ。人が死んじまう」

「ちゃんと目を開けて話してるでねえか、夢の話だ」

「目をつむるとその手が一面に見えるんだ、きっと人が死ぬ」

「おめえはどうかしちまってらあ」

「俺ももうじきだ……」

翌日、縦坑で爆破作業をしていた第二班で、六人が吹き飛ばされた。向かいの岩壁には飛んでいった肉がびっしりと貼りつき、樹上には腕や脚が引っかかった。

第四班は第二班からやや離れていて、山を揺るがす爆音を聞いて王皋はへたり込んだ。二人は断崖の上にいて、一人がたがねを握り、もう一人がハンマーを振るっていた。王皋は驚いて手を放し、たがねは深い谷底へと落ちていった。吹き飛ばされた人間を伯緯たちはそっくり目にした。人々の身体が向かいの崖に飛んでいくのを。頭が一つある――つるっぱげの頭だけが崖の上に飛んでいき、そこのヒマラヤスギにかじりつくように引っかかった。伯緯はじっと見つめた。頭はやはりヒマラヤスギにかじりついている。身体はない、確かに頭だけだ。続いて、カケスが空を覆い尽くさんばかりに飛んできた。あのカケスども、あいつらはどこに隠れていたのだろう？　瞬く間にやってきた。

カケスの鳴き声がやかましく入り乱れ、バーンバーンと爆発音がこだました。王皐がまたたがねを取り落とし、二人はやむなく、揺れるロープを伝って山腹のくぼみへと戻った。

「伯緯、俺たちはまだ生きてるよな？」

まるで喉に石が詰まったようなか細いかすれ声で王皐が尋ねるのが聞こえた。王皐は片手を岩の隙間に差し込み、もう片方の手で伯緯の背中のロープを握っている。

「唄えよ、今が弔ってやる時だ」

「唄う気になんかなれねえ、生きてる方がよっぽど哀れだ」

谷間に黄色い煙が立ち込め、濃厚な火薬の匂いに咳が止まらない。風は突然止んだようだ。風も爆発で吹き飛ばされてしまった。カケスどもの翼が煙の中ではためき、すばしこいその頭や、黒い羽が見える。硝煙が次第に消えていき、さらに多くのカケスが岩壁に飛び散った血や肉を探して飛び回り、あちこちでやたらとぶつかり合ってギャアギャアわめいている。せわしなく落ち着きのない不気味な笑い声、他人の不幸に群がる抑えきれない欲望の声が聞こえる。

ギャア――ギャア――

二人は静かに、絶望とともに聞いていた。ヒマラヤスギに引っかかっていた頭が落ちていき、一群のカケスが矢のように追いかけ、谷間の奥深くへとまっしぐらに突き進んでいった。

伯緯はその日、王皋が『嫁入りを泣く』の替え唄を唄うのを耳にした。

神農架の山の険しさよ
つづら折りの苦しさよ
年がら年じゅう道を敷き
日の目を見るのはいつの日か……

伯緯は言った。「『犬もいいひと恋い慕う』を唄えよ」

その時、伯緯は王皋の脚がもう震えていないのに気づいた。片手を懸命に伸ばして、崖のへりへ行こうとしている。

王皋は何をしようっていうんだ？　目の前には一枚の柄のある布が、崖のへりのシダの茂みにかかっている。こんな時に布が、こんなひとけのない、辺鄙な場所に現れるなんて。伯緯は、王皋がそんなわけのわからない布を取りに行こうとするのを止めようとした。だが王皋はもう布をつかんでいた。どこから飛んできたんだ？　王皋は興奮して、きっと上で道路をならしている女が落としたんだ、と言った。だが伯緯は思った。ヒマラヤスギに噛みついたあの頭から飛んできたのかもしれないじゃないか。

布に血はついていなかった。王皋は喜び、震えも止まった。彼は大声で叫んだ。「三妹に肌着を作ってやってもまだ余るぞ。娃娃服《ワーワフー》にちょうどいい」娃娃服というのは、当時女たちがつけていた胸当てのことだ。

王皋は布を懐へ押し込み、飯場へ戻ってからこっそり箱の中にしまい込んだ。

追悼会や決起大会はしょっちゅう行われていた。だが今回ほど多くの棺桶が並んだことはなく、さらにヘリコプターまで出動した。武漢から飛んできたそうで、山頂に下りて怪我人を運んでいった。王皋はたくさんの死人を見て、夜中に小便に行くのが怖くなり、補給班に頼んで不要になった荷車のタイヤのチューブを切ってもらい、寝床のそばの壁に穴を開け、おもてに通じるようにした。これで小便がしやすくなった。だが二日もたたないある夜のこと、小便が寝床にあふれてきて、王皋は深夜に大声で叫んだ。「どこの馬鹿が壊しやがったんだ！」誰かが悪戯をして、外に出ているチューブの端を結んでしまったのだ。さらにその二日後、王皋が箱を開けてみると、あの柄布がなくなり、シラカンバの皮に変わっていた。王皋はその場でしばらくぽかんとしていたが、さっと青ざめ、慌てて伯緯に言った。

「岩の精に出くわしちまった」

その日、王皋はずっとぼんやりしていて、あれこれとへまをやらかした。現場に向かう時には靴を履くのを忘れ、雷管を五本持ってこいと班長に言われれば八本持ってきた。その日の彼の仕事は岩を爆破することだった。竹竿に爆薬をくくりつけ、物陰に隠れて断崖を爆破し、人が立てるほどの穴が開いたら、そこをさらに広げるのだ。王皋は竹竿に爆薬をくくりつけると、ロープにぶら下がって降りていった。点火しても爆発しなかったので、てっきりまだ導火線に火がついていないと思い、岩陰から首を伸ばして竹竿の先の爆薬を見ようとした。首をつき出した途端、火薬が爆発し、彼の頭は半分吹き飛んだ。

伯緯はその日、崖の上で仕事をしていた。風邪を引いていたうえに腹を下していたので、女たちとともに砂利を運んでいた。死人が出るのはよくあることだ。現場が大きくなれば、何人か死ぬのは珍しくない。だが死んだのが王皋とあっては、話は別だ。その夜、彼は木工班で棺桶を作っている二人の職人に言った。「王皋の棺桶は作らねえでくれ。俺があいつを背負って帰るから」

事のいきさつを話すと、本部は数日間の休暇をくれて、王皋を背負って帰るようにと言った。伯緯は王皋と寝床を並べていたため、その布団をとっておき、布団皮をはがし、王皋をくるんで麻縄でしっかりと縛った。木工班の職人があらかじめ王皋の欠けた頭の半分を木で作ってくれ、それを置いて配給のタオルで包むと、どこが欠けたのかわからなくなった。こうして、伯緯は王皋の死体を背負って出発した。

太陽がくそ熱い。旧暦も九月なのに一体どうしてこんなに日射しがきついんだ？　もっとも、山に登ってはじめて、五〇キロの物を背負ってはじめて、太陽がまだそこにあり、夏のたくらみも残っていると感じる。実際には太陽はそこにあるだけ、こっちが太陽に文句を言っているだけだ。腰を下ろし、山の風にあたれば涼しくなるが、背中や股ぐらにかいた汗は始末に負えない冷たい水に変わってしまう、ただそれだけだ。

焼けつくような秋の暑さは、山が熟しかけているからだ。山はすべてのものに最後の熱を入れようとしている。残りの火はあとわずか、あるいはもう燃え尽きていて、余熱が入って少し冷めれば、すぐ食卓に運べる。だから伯緯が立ち止まってアケビを摘んで食べても時にはまだ渋みがあり、五味子《ごみし》は酸っぱく、スモモは苦く、梨はおがくずのようなのがある。良い五味子が一房とれたら、彼は種も皮も丸ごと飲み込んだ。

谷にさしかかった時、彼は数えてみた。少なくとも七、八羽のカケスがついてきていて、周囲でしきりに鳴いている。死臭を嗅ぎつけたのだ。出発した時から目をつけてついてきていたのか。それとも途中でおびき寄せてしまったのか、伯緯にはわからなかった。そいつらを見やって、その叫び声よりももっと響く声で、もっと余裕綽々に叫んでみせた。「そうはいかねえぞ！　王皐をおめえらには喰わせねえ！」

九月、原生林すら明るく輝き、大気は乾いた、酒のような匂いが漂っている。まるで酒甕の中身をぶちまけたようだ。サンザシ、クコ、野バラもみな熟し、その枝が彼の頬を打ち、我が物顔の勢いで空気すら紅く染め、こちらの気力を奮い立たせた。初日はまだ楽だった。楽というのは、王皐がもう口がきけなくなっていたからで、伯緯は自分が背負っているのが人間ではなく、農作物か薬草、トウモロコシ、丸太のように感じていた。横にしたり、縦にしたり、両手で抱えたり、脇に持ったりと、好きなように担いだ。以前、材木を運んだ時には、少なくとも一本九〇キロはあった。小柄な王皐はせいぜい五、六〇キロか、もっと少ないくらいだ。一日目は坝店《バーディエン》を下り、渓谷を越え、廟埡《ミヤオヤ》、邱家坪《チウジアピン》を通り、趙家屋場《チャオジアウーチャン》に着いた——いつの間にかもう夜になろうとしている。そこでようやく、何か飲まなければ、食わなければと思い至った。焼きトウモロコシ二本でもいい。肝心なのは、汗を拭いて眠ることだ。

　どうやって眠ろう？　彼は趙家屋場の尾根から、斜面に建つ数軒の人家を見つめた。炊事の煙はなく、犬が遠くからこっちに向かって吠えている。死体を担いでいって宿を乞うわけにはいくまい。こいつを畑か林の中に隠しておこうか？　夜中に獣に喰われたら、担いできたのは無駄でないとしても、王皋の家族に何と申し開きができるだろう。

　困り果てていた時、近くの崖下に水たまりがあるのに気づいた。夕暮れの中で美しい白い光を浮かべている。彼は何も考えず、水を飲みに崖を下りていった。顔をうずめてげっぷが出るほど一気に飲んでから、顔を洗い、身体の汗を流すと、ずいぶん楽になった。ちょうどそばに、誰かが植えた背の低いトウモロコシがあった。いくつかもいだが、まだ熟し切っておらず、汁にも渋みがある。それでも食っていると味が出てきて、腹が膨れた。斜面のさらに下には牛小屋があった。彼は王皋を背負うとそこへ潜り込み、干し草を集めて身体の下に敷き、横になるなりたちまち眠ってしまった。

　若い伯緯は一旦寝つくと明るくなるまで目覚めない。気づけば銀色の霜が降りていた。彼は自分がどこにいるのかよくわからなかった。振り返ると布団皮にくるまれたものが見え、しばらく考えて、ようやくそれが爆死した王皋だと思い出した。

「王皋！　王皋！」

　彼は王皋が獣にかじられていないかどうか、ひっくり返したり転がしたりして急いで確かめ、ようやく胸をなでおろして思った。今夜は絶対に家の中に置こう。そうすれば安全だ。

朝、昨夜のようにトウモロコシを食べ、水を飲み、それから猴子埡《ホウツヤ》を越える支度をした。

王皋を背負おうとしたが、背負えない。

昨日は背負えたのに、今日はできないのか？　伯緯は不思議でならなかった。俺はもとの俺のままだ、どうして今日になってできなくなるんだ？　そう思ったら、自然と腰が伸びた。数歩歩くと、動けるようになった。

天気は良い。よく晴れている。夜の間に小雨が降ったらしい。

「王皋、驚かすなよ。俺はおめえを背負って帰るんだぞ、悪さをするなよ。おめえがいたずら好きだってわかってるぞ。またやったら、崖の下に落として、熊に喰わせちまうぞ。落としたって誰にもわからねえ。おっかさんにも、三妹にも、道の途中に埋めてきたって言っても、死人に口なしだ、おめえにはどうすることもできねえぞ！」

そう言うと、王皋はもう背中の上で悪さをせず、大人しくなった。朝の風に乗って二キロほど歩くと、臭気を感じるようになった。

昨日のカケスどもが七、八羽、ぴったりとついてきている。しかも常に前を飛んでいて、まるで彼がどの道を行くか知っているかのようだ。伯緯は言った。「鳴け、鳴け、おめえらを飢え死にさせてやる！」王皋を下ろして休んだ時、布団皮の中の王皋の身体が膨れているのに気づいた。「どうりでこんなに重いわけだ」彼は言った。

猴子埡に登る道は時に険しく、時になだらかで、下り坂もほんの少しあった。息がつける下り坂でも、迂回する下り坂でも、死体を背負っているのは楽で、弾みもつくから、伯緯は王皐に感謝した。上り坂になるとまた重くなり、伯緯は怒鳴った。「化かすのはやめろよ！」ポケットに王皐の辛味噌の瓶が入っていることを思い出した。瓶の中にはあの布から変わったシラカンバの皮が入っている。しっかりと蓋をしておいたが、今、開けてみたくなった――もちろん、向かいの斜面で二人の男が畑をやっているのが見えるうちにだ。樹皮を取り出して、たたりを鎮めるために唾をつけ、王皐を縛っている縄の間に差し込んだ。

「王皐、知ってるぞ。おめえは何が怖いって、岩の精が怖いんだろう」

そう言うと、全身の皮膚がこわばった。また樹皮を取り出し、地面に置くと、意を決して指の腹の皮を噛み切り、血を二滴絞って、樹皮に垂らした。

何の変化もなく、正体を現しもしない。彼は樹皮に向かって言った。「おれは妖怪は怖くねえ。かまわねえから、おめえは王皐の馬鹿野郎をしっかり見張っててくれ。こいつはおめえが怖いんだ」

今度は樹皮をぐいっと縄の間に押し込み、王皐を軽く叩くと、担ぎ上げた。確かに、ずっと軽くなっている。

道は日陰に入ったり日なたに出たりした。日陰の側はナラやコナラばかりで、青い葉が生い茂り、春に見るよりもよく伸びている。日なたには灌木や喬木が入り混じり、葉を落とすものや落とさないもの、果実も硬い種のないやつ、あるやつ、殻つきのやつ、何でもあり、どれも急いで太陽と手を組んで、おのれの野心を満たそうとしている。

眩暈がするような静寂だけが、山道に残っている。伯緯は王皋に言った。「相棒、何か唄ってくれねえか？」

死体は何も言わなかった。まさかけしかけてほしいのか？　そこで包みをついて言った。「鳥だっておめえよりは唄がうめえぞ。少なくとも、おめえみてえにびっくり仰天して小便を漏らすような真似はしねえ」

何を思い出したか、伯緯はハハハと大声で笑い出した。担ぐ肩を替えて続けた。「俺はおめえの唄うくそみてえなハイカラ二班、野暮天地主の第四班が気に入らねえ、ハイカラ二班がどうした？　俺たちよりもたくさん死んでらあ。俺はやっぱり『犬もいいひと恋い慕う』がいいな……犬にもいい人がいるのか？　そいつの金玉をしゃぶるのか……おめえのガサガサ声でそんな唄を唄ったってだめだな。俺が唄ってやらあ、おめえよりずっとうめえぞ」

伯緯は突然、声を張り上げ、山に向かって叫び出した。

娘十八、男は二十歳《はたち》
一夜で寝床を九つ壊し
鉄の寝床はほぞを断つ
地べたに寝れば壁を蹴倒す

伯緯は青筋が立つほど声を振り絞って叫んだ。涙が頬を伝い落ちるのに気づき、手でぬぐった。彼はしっかりと岩を踏みしめた。坂を下り、言った。「王皋よ、おめえの一言で、今日、俺はおめえを背負う羽目になった。昨日も背負って、明日も背負う。明日は家に着けるかな？　王皋よ、俺は約束は守る、おめえを悪くは思わねえ。俺の運が悪かったんだ。おめえが腐ってぐちゃぐちゃになっても背負って帰るからな……」

　伯緯は考えるほどに悲しくなり、王皋を投げ出して、指を突きつけて罵った。「俺が死んで腐ったら、おめえは俺を親父やお袋のところに背負って帰るか？　どうして俺がおめえを放り出さねえかって？　よく聞けよ、頭の上で何が鳴いているか聞いてみろ、もう二日だ。俺は銃も持ってねえ、石ころであいつらを脅かすこともできねえ。おめえは死んで、俺は狂っちまった。俺は前世でおめえに米でも借りたのか、それとも金か？　……おめえはやっぱり果報者だ、べっぴんの三妹と寝たんだよな、地主の倅《せがれ》なのにあいつと寝たんだな、貧農の俺は女に指一本触れてねえってのに。このちんぽこ野郎、今日は大人しく返事をしろよ、三妹と寝床をいくつ壊したんだ？　……」蝿が現れた。カケスの長く続く混乱した鳴き声の中で、彼は蝿を見つけた。蝿どもは、花の蜜を吸うルリオタイヨウチョウに負けず劣らず大きかった。彼は王皋を背負い直した。東南の狭い谷から吹く風はまるで一千頭もの怪獣のように、あらゆるものをなぎ倒し、身体の熱をたちまち奪い去り、吹き倒されそうになる。奇妙な形をしたハザンモミが、ヒュウー、ヒュウーと長く奇妙な叫び声を上げる。頭上のカケスたちも、奇怪な鳴き声を上げながら風に逆らって飛んでいる。奴らは何も口にできずに激怒している。それに加えてこの陰惨な風が、奴らを突然、哀れな羽虫に変えてしまった。喰うものはなく、疲れ、絶望し、うんざりしているのだ。伯緯は前かがみになっていた。彼ももう限界だ。それに背中には死体がのしかかっている。彼は思った、今夜はこの不気味な場所で宿を借りなければ、凍え死んじまう。二か月前の灼熱の気候の中、薬草を採りに四川から来た人たちが、涼風垭《リャンフンヤ》で雹に降られ、洞窟の中で凍死したことがあった。神農架の夏は人が凍死しても珍しくはない。ましてや今はもう晩秋なのだ。五百メートルほど遠回りすれば、楊爺《ヤンじい》さんの家に着く。爺さんは東の斜面に一人で住み、木を切り、芋を掘って暮らしている。息子がいるという噂だったが、見かけた者は誰もいなかった。

星が一つ出た。さっと顔を上げると、満月も見えた。空は暗くなる前の青白い色をして、単調でもの寂しい。日は確かに暮れようとしているが、爺さんの家はまだ影も見えない。ブチッと音がして、麻のわらじの緒が切れてしまった。彼は王皋を斜面に置き、方々探し回って葛を見つけ、その蔓でわらじを足にくくりつけた。数歩歩いてみたが、具合が悪く、ゴツゴツして、石を踏みつけるよりも痛い。仕方なく立ち止まった。片足にはわらじ、もう片足は裸足で、歩くこともできず、泣きたくなった。この時、冷たい月がヤマネコのようにこそこそとモミの林に隠れた。伯緯は木にもたせかけた死体に向かって言った。「王皋よ、虎に出くわしたら、俺はおめえを放り出していくしかねえからな」おっと、この時、彼は王皋が履いている靴に目を止めた。運動靴で、本部が死者に贈った手向けの品だ。だがかまっちゃいられない、その靴を引っ張った。「ハハハ、相棒よ、ちっと借りるぞ。おめえを背負ってやるんだ、自分のためでねえ、靴がいるんだ」靴を脱がせて、王皋には破れたわらじを履かせ、自分は新品の運動靴を履いた。よし、ぴったりだ、指先まで包み込まれて、歩き心地は上等だ、夜道で小石を踏みつけてもへっちゃらだ。

狂ったように吠え立てる犬にかまわず、伯緯は楊爺さんの家の戸を叩いた。戸には閂がかかっていなかったので、彼はさっと中に入り、誰にも見つからないよう、王皋を素早く戸口の片隅に押し込んだ。

爺さんは飯を食っていたか、あるいはもう食い終わったところで、箸を置くと、入ってきた伯緯をしげしげと見つめた。爺さんは五十歳だが、六、七十にも見えるくたびれた年寄りだ。髪はぼさぼさ、目つきは粗野、しぐさも乱暴で、歯を剥き出してニヤニヤ笑い、ひっきりなしにくちゃくちゃと音を立てている。

「おう」と爺さんは言った。

「紅坪《ホンピン》から来た」伯緯は言った。

そして腰を下ろし、爺さんの飯碗を眺めた。碗は欠けていて、箸は片方が赤く、片方が白い。爺さんの服はぼろぼろ、手もぼろぼろで、かさぶたができ、おまけに泥まみれだ。爺さんは立ち上がった。おぼつかない足取りだ。手のひらで洟を拭きながら犬を呼ぶ。犬は近づいてきて爺さんの碗をなめた。きれいになめると、爺さんは碗を窓辺に置いて、よろけながら布団に潜り込んで横になってしまった。

灯りはない。伯緯は仕方なく炉の火を吹き起こし、小屋の隅の箕《み》の中からジャガイモをいくつか取って、火の中に入れた。

「寝ちまったのか？」伯緯は爺さんに声をかけた。

爺さんは何も言わず、寝床と服を直しているのか、木の板がきしんで苦しげな音を立てた。

「まさか一晩中、座ってろっていうのか？　俺だって寝てえんだぞ！」

彼は急いでジャガイモを取って口に入れ、生焼けだろうと何だろうとかまわず一緒くたに呑み込んだ。それから洗面器を探して顔を洗った。爺さんの手拭いは油じみて汚かったが、かまわない。汗を流してさっぱりしたところで、犬が王皋を見つめているのに気づいた。

「シッ！　シッ！」彼は手拭いを振り、小声で、だが厳しく犬を追い払った。

戸には閂をかけておらず、彼は思い切って戸を大きく開け放ち、出ていけと犬に指図した。

犬は出ていかず、ぼんやりと彼を見つめていたが、再びその布団皮にくるまれたものに向かって涎を垂らした。伯緯はどうやって犬を追い払おうかと考え、敷居をまたぎ、上り口でわざとズボンを下ろしてしゃがみ込んだ。効果はてきめんで、犬は伯緯が大便をしようとしているのだと思い込み、素早く出てきてそばで待ちかまえた。伯緯はその隙に中に駆け込み、扉を閉め、犬を外に閉め出した。

手探りで爺さんの寝床に上がり、布団に潜り込み、眠りについた。ぼんやりとした夢に疲れを癒していた伯緯は、突然、身体の一部が焼けつくように痛むのを感じて目を覚ました。冷たい空気を吸って痛みのありかを探ってみると、金玉、そう、金玉だ。くそったれの楊爺が蹴とばしたのだ。爺さんがどもりながら言うのが聞こえた。「お、お、おめえ臭え……え、えれえ臭え……」

俺が臭え？ 伯緯はすっかり目を覚ました。畜生、俺が臭えって？ 暗闇の中、彼はどこからか漂ってくる臭気を嗅ぎつけた。仕方なく身体を起こす。横暴な楊爺が、彼を寝床から蹴り落とそうとしているからだ。

このくそったれが匂いを嗅ぎ分けられるとは、昔狩りをしていただけあって、犬みてえに鼻が利く。伯緯は両膝を抱えた。犬はおもてで戸をかじり続け、助けを求めてクンクン鳴いている。爺さんは耳が遠い。さもないと、犬が入ってきて何もかもおしまいだ。

伯緯は犬が戸をかじる音を聞きながら、寝床の片隅に縮こまり、布団の中に潜ろうとした。金玉が痛み、しばらくうとうとしただけで、空が白んできた。仕方なく寝床を下り、ひしゃくに冷たい水を汲んで飲み、ポケットいっぱいにジャガイモを詰め込むと、王皐を背負って出発した。

朝の鳥の鳴き声は、ほどなくあちこちから聞こえるカケスの鳴き声に変わった。カケスがまたやってきたのだ。一気に何キロもの距離を飛んできて、陰魂嶺《インフンリン》、八人刨《バーレンバオ》、鍋廠河《グオチャンホー》を越え、狼牙尖《ランヤージエン》に上ってきた。真っ赤な朝日が狼牙尖を照らし出し、眩いばかりだ。山々の日のあたる側は白いものは白く、赤いものは赤く、黄色いものは黄色く、緑のものは緑に、それぞれの形をくっきりと浮き立たせている。陰になっている側は、まるですべてが眠りに落ち、深い悪夢の中に沈み込んでいるように見えた。

「ハハハ」伯緯は王皐に向かって笑った。「おめえを背負ってやったばかりに、あやうく跡継ぎをなくしちまうところだったぞ。おい、聞いてるか、どうしてくれるんだ。他のことはどうだっていい。うまい飯を食わせてくれなくても、タバコや酒をくれなくてもいい、おめえの三妹が俺を一晩温めてくれたらなぁ……だめか？　だんまりか？　……へへッ、ケチんぼめ、味噌の一瓶すら惜しむ野郎が、女房を他人に貸すわけがねえな……」

天気がまた変わった。パラパラと雨が降ってきたかと思うと、また晴れた。だが霧が上がってきて、二メートル先はもうこの世かあの世かわからない。手探りで歩いていると、つんのめってバッタリ転んでしまった。霧の中、あの長い包みを探したが、見つからない。

霧はいよいよ深くなり、すぐには見つけられなかった。彼は叫んだ。「おい、王皋よ、どこに隠れちまったんだ、この上俺と隠れんぼまでしようってのか？」

伯緯の膝はいうことを聞かず、皮膚が裂けて血が流れていた。霧は徐々に晴れていき、彼は手あたり次第にニシキソウをつかみ、テンナンショウの葉をちぎって口に入れ、噛み潰して膝に貼った。血は止まった。もう一枚テンナンショウを傷口に貼って、藤蔓を見つけてしっかりとくくり、それから王皋を探しに行った。

王皋は崖の下に落ちていた。

だが切り立った崖ではなく、足がかりになる木も生えている。下りていって、カギカズラの茂みから王皋を引っ張り出し、担ぎ上げて登った。これにかなりの精力を使い、崖を登り切ると気が抜けたように大豆ほどの汗の玉が噴き出した。カケスの鳴き声は今や凄まじいまでになっている。このひとけのない原生林の中で、奴らはまさか俺にまじないをかけて危害を加えようというのか？

伯緯はそいつらをどうしても振り切りたかった。がむしゃらに、カケスよりも速く歩こうとした。奴らを振り切らねば、振り切らねば！

薄暗い木々の陰はいよいよ淡く、空は明るくなっていく。彼の脚には力が沸き、まるで削岩機のように、恐ろしい原生林を貫いていこうとしていた。

彼は走った。懸命に走った。時には命も惜しまずに。風はヒュウヒュウと後ろに飛び去り、どんなに重い物も重さを感じなくなった。何も目に入らない。幽霊も、物の怪も、原生林も、野生の動物たちも、坂道も、河も。

カケスが前方で彼を待っている。谷の入り口の木々の上で嬉しそうに鳴いている。それにホトトギスや、ガビチョウ、尾の赤いカワビタキの鳴き声もする。だが、なぜ奴らの声はこんなに気違いじみているのだろう？

王皋を担ぎ直す時、伯緯の視界はその腐った身体に遮られたが、前の方に何か影が見えた気がした。一瞬、はっとして顔を上げると、そこにいたのは赤い鼻をした熊だった！

「なんてこった！」彼は小声で叫んだ。

熊が立っていた。彼も立っていた。走るに走れず、動くこともできない。こんなに重い死人を担いで、動けるものか。彼は知っていた。彼の父は手練れの猟師だ。父親は繰り返し彼に言って聞かせた。熊に出くわしたら、絶対に動くな。熊は死人は喰わない。あいつは王皋は喰わない。喰いたがっているのは王皋を背負った人間だ、元気いっぱいの伯緯だ。動かず、そいつを睨みつけるだけでもいい。獣だって人が怖いのだ。人を恐れない獣はいない、虎でさえも。こっちが先に相手を傷つけようとしなければ、向こうから攻撃してくることはない。彼の父はかつて野生のイノシシの群れに出くわして、ひたすら睨みつけてそいつらを追い払った。だが熊にその手が効くだろうか？　睨みつけたところで、相手は道理のわからぬ熊だ、屁の突っ張りにもならない！

伯緯はまだ睨んでいた、切り株のように動かずに。熊もこっちを睨んでいた。熊は立っていると人間のように見える。まるで紳士だ、原生林の中の紳士だ。さあ、紳士は立ち去るか？　いや、行かない。小さな目をしばたたいて伯緯を見つめている。穏やかに、素朴に、実直に、殺気を秘めて。

伯緯は気が狂いそうだった。脚は何かに動きを止められ、担いだ死人が石のように彼にのしかかっている。彼は死者の道連れになって、ともにあの世へ行ってしまいたかった。

陽光が熊の背後から射し込んできて、毛むくじゃらの影が伯緯の足元に落ちている。こいつは動いているのか？　ゆっくりと、その影は彼と距離を空けた。カワビタキが一羽のカケスをつついている。こいつも緊張していたんだろう。カケスの鳴き声に苛立ったのだ。熊は切り倒されてとうに朽ちたシラカンバの上に体を傾けて立ち、首をかしげて伯緯を最後に一瞥すると、モミの林の中にサッと入っていった。

伯緯は根が生えたようにまだ一歩も動けなかった。それから脚の力が抜け、王皐が彼を地面に押し倒した。

伯緯は王皋の死体を送り届けて戻ってきた。道路工事は最も険しい紅旗岩を通り過ぎ、もうすぐ皇天埡にさしかかろうとしていた。伯緯は嬉しかった。春節にも家に帰らず、現場で当直をした。夜にはみんなで酒盛りをし、たっぷり飲んだ。十二時になるとあちこちの村で新年を迎える爆竹の音がした。飯場には爆竹がなく、伯緯は上機嫌で、雷管を二本取り出して放り投げようとした。戸を開けて外に出た。その夜は大雪が降り始めていて、地面が凍りついていた。彼は足元がふらついて転んでしまい、二本の雷管は手の上で爆発した。

伯緯は暗闇の中で絶望の叫びを上げた。「おしまいだ！」這い起きると飯場の周りを走った。両手は激痛だ、一周、また一周と走ったが、痛みは振り払えない。十本の指はちぎれてぶら下がっている。当直の男たちが飛び出してきた。追いかけたが、捕まらない。彼は痛み、叫んだ。

「畜生、俺に毒を飲ませてくれ！」

本部の自動車が三時過ぎにようやく彼を運び出した。ガズ*製の自動車の運転手はみなに閻魔大王と呼ばれていて、死体を回収する仕事をしていた。現場で死んだ者はみな彼の車で運ばれるのだ。彼だけが夜道を恐れず、氷がどれほど厚く、雪がどれほど深くても車を走らせた。伯緯は車に乗るや否や怒鳴りつけられた。「死ぬだのなんだのわめくんじゃねえ。いいか、泣いても笑っても三時間かかるんだ。車と道の次第によっちゃあ、もっとだ」

伯緯は泣かずにはいられなかった。こんな時に両手を失って、どうして泣かずにいられるものか。白痴でも唖《おし》でも泣くに違いない。病院に着いた時には、手足は冷え切っていた。目を覚ましたのは、医者が彼の歯をこじ開けたからだ。輸血用の血がない、みんな年越しに帰っち

＊ガズ　ロシアの自動車メーカー。

まったからな、と医者が言うのが聞こえた。歯をこじ開けたのは、強い造血剤を飲ませるためだった。一粒また一粒と、大量に飲まされた。その時、彼はすでに手術台の上にいた。医者の一人が言った。「こいつは厄介だ。目を覚ましちまった、また麻酔がいるな」そして彼を励まし、鼻に麻酔薬を注いだ。医者は薬を注ぎながら尋ねた。「まだ痛いか？」伯緯は痛いと言った。もう一人の医者が器具で彼の首を固定し、首を振れないようにした。麻酔医がまた尋ねた。「手はどうしたんだ？」雷管が爆発した、と伯緯は答えた。医者は尋ねた。「結婚しているか？」伯緯はしていないと答えた。医者は彼に数を数えさせた。一、二、三、四、五、六、七……三十三、三十四……五十まで数えないうちに、麻酔が効いて眠ってしまった。

伯緯が再び目を覚まして見た世界は、ずいぶんと様子が変わっていた。それは彼の手のせいだった。両手は包帯でぐるぐる巻きにされ、四つの角が突き出ていて、それが指だった。他の指はなくなっていた。残ったのは継ぎ合わされた指だった。五本継ぎ合わされて、そのうち三本は動かない。ありがたいことに、動くのは右手の二本で、一本は丸ごと動き、もう一本は上半分が動いた。実際には一本半だが、動いたのは後になってからだ。兄、兄嫁、父親がいるのが見えた。血は流れ尽くして、血管は髪の毛のように細くなり、しぼんでしまった。点滴をするには、踵を切開して針を入れるしかなかった。

伯緯は針を入れさせず、蹴とばしてわめいた。「死なせてくれ、死んだ方がましだ！」兄と父では押さえきれず、若くて力のある医師二人を呼んできて、ベッドに縛りつけた。医者は言った。「点滴をしないと、感染して腐って死んじまうぞ」「それでも生きてるよりはましだ！」

彼は固定ベルトの中で泣いた。五日間縛られて大人しくなり、血色は次第に良くなってきた。点滴を受け、粥も口に入れた。

呉三妹が卵を十二個持って見舞いに来た。半分は生で、もう半分は茹でてある。生の方は朝飲むように、血を補うから、と言う。呉三妹は言った。「おっかさんが、伯緯兄さんの様子を見てくるようにって」伯緯はベッドの上でぼそぼそと言った。「町で塩と交換するように言われたんだろう」呉三妹は答えた。「そんなことねえ」それから彼女は泣いた。伯緯のベッドのそばに立ち、キャベツのようにぐるぐる巻きにされた彼の手を取って、ひたすら泣き、何も言わず、伯緯を困らせた。伯緯もベッドのふちを叩いて大声で泣いた。誰にもなだめられなかった。彼は言った。「王皋が可哀想なもんか、俺こそ人間でなくなっちまった！　ただの鳥でねえか？　口で食い物をつつくしかねえ、鳥みてえな硬い嘴もねえ、鳥ならあれっぽっちでも腹いっぱいだ、俺がまた毎日どんぶり何杯も食うようになったら、誰が食わせてくれるんだ！」家族は言った。「俺たちが食わせるよ」その言葉は彼を慰めた。

伯緯は飯碗を持てるようになった。手術台で、医者は彼の左手の残った部分に手のひらを作ってくれた。残った二本の指で挟めば、まずまずだ。

伯緯は匙で飯を食った。ゴム紐のズボンを履いた。匙を取っては落とし、トウモロコシ粥は顔じゅうに跳ねた。後に彼は笑って言った。「猫みてえになめて食ったんだ」

伯緯が退院して村に戻ると、村人たちは彼の両手と、血の気の失せた真っ白な顔を見て、伯緯は宜昌に行って物乞いだな、とこぞって言った。

「伯緯はなんでまだいるんだ？」

彼らは伯緯が山に登っているのを見かけた。道路を作りに行ったのではなく、竹を切りに行ったのだ。

竹を切ったのは、切り方を研究するためだ。最初に研究したのは鉈の使い方だ。どうやってつかむか、どうやって力を入れるか。どうにか一束分を切り終えると、家の屋根に乗せておいた。

鉈の柄は細かったが、つかめるようになり、走っても落とさないようになり、まだ傷のかさぶたが剥がれないうちに、今度は斧を持って木を切りに行った。

伯緯は早朝の山上で笑いながら木を切り、木くずを辺りに飛び散らせた。それを見ていた者がいた。野良に出てきたその者たちが見たのは、他でもない伯緯が木を切っているところだった。伯緯はどうやって斧を握っているんだ？　よくよく見たがわからない。霧と木の枝に遮られていたからだが、確かに伯緯が木を切っている。木が倒れる。じわりじわりと、あちこちに蔓を引っかけて、長いことかかったが、ようやく倒れた。

伯緯は鋤を担いで山に登った。伯緯は鋤まで持てるのか？　まさか牛を追う鞭まで振るえるのか？　鞭は夕日が山に沈む頃に鳴った。牛の鈴も鳴った。伯緯が牛を追って帰ってきたのだ。鋤の先には新鮮な泥の匂いがついていた。それは、彼が畑を耕したことを物語っていた。

彼は何も起こっていない人のようだった。山に行き、煙草を吸い、素焼きの甕に入れた茶を飲み、家に戻ると少し酒を飲み、腹いっぱい食べると家の敷居に腰かけて一服して眠る、農民そのものだった。彼は働くことができた。残った指、残った手のひら、腕、肘、肩、脇、すべてを使って農具の使い方を覚え直した。一つ一つ、ゆっくりと覚えていった。血を流し、まめを作り、歯を食い縛って。

彼は山に行くたびに竹を一束背負って戻り、さらにチガヤも一束背負ってきた。

ある日、突然言った。「親父、俺は家を出るよ」

父と兄は仰天した。「家を出る？　自分で食っていくのか？」

「当たり前だ」

彼は家の裏の丘に茅葺の小屋を建ててくれと言った。家族は仕方なく建ててやったが、材料はすべて彼が自分で山から調達してきたものだ。それから、父と兄は布団を一組と寝台、碗を五つ、鍋一つ、火吹き竹を一本、彼に与えた。その後、父は酒を温める小さな銅の壺も持ってきて、季節が変わる時には手が痛む、酒を飲めば血の巡りが良くなって痛みが止まるだろう、と言った。

彼はジャガイモを掘り、自分で火を起こして飯を作り始めた。だが彼はジャガイモをしっかりとつかめない。何日練習してもできなかった。山に登ってズボンを引っかけて破いても、兄嫁に繕ってもらわずに、自分で繕おうとした。しかし彼は針を持てなかった。大きな道具はどれも操れるようになったが、ジャガイモと針は使いこなせない。ジャガイモは命の鍵だ、なのに俺にはどうしようもない。針がなければ、俺はみっともない有様になっちまう。平気なふりをして山を出て、よその家で酒を飲み、手をポケットに突っ込んでぶらつくこともできない、ただの乞食になっちまう。伯緯は針と糸を抱えて、はらはらと涙をこぼした。

三妹の舅は、息子の王皋の死亡補償金を使って炭を焼き、すでに皇天埡まで進んでいる道路補修本部に送り届けた。最初の一回は何事もなかったが、二回目の炭焼きにとりかかった時、支部書記に派遣された人が窯で雷管を三本なくしてしまい、その後、一家が闇工房をやっていると騒ぎ立てたので、彼らは自宅を没収され、隙間風の入る製材所に追いやられた。

もう四月になっていたが、山の雪はまだ融けない。谷から吹きつける風はまだ雪交じりで、夜半に激しく吹き荒れるばかりか、時には昼間でも荒れ狂い、製材所にたまったおがくずをそこらじゅうに吹き上げる。日陰はまだ滴る水が氷になる。三妹と舅、姑、弟妹たち、それに王皋の口のきけない叔父は、揃って製材所に住み込み、薄い布団か、時には稲藁をかけて眠っていた。

伯緯は三妹の腹が出て、寒さで鼻と目を真っ赤に腫らし、稲藁の中に縮こまっているのを見て、声をかけた。「俺の小屋に来て寒さをしのいだらどうだ？」

彼はそうして、手足がむくんだ三妹を支えて自分の小屋に連れてきた。

春が来て、三妹と舅一家は何度か批判されてもまだ自宅に戻れず、巴東《バートン》に引っ越すことになった。巴東から親戚十数人が来て、製材所の物を運んでいった。机、椅子、腰かけ、鋤、まぐわ、鍋、釜、それに低い寝台が二台、三妹と王皋が結婚した時のガラスをはめた漆塗りの戸棚まで。十数人がそれらの大物を背負って山を越え、鴉子口《ヤーツコウ》を進み、大龍潭《ダーロンタン》と小《シャオ》龍潭を抜け、巴東埡《バートンヤ》と三十六把刀《サンシリウバーダオ》を通り、さらに長江を渡るのだ。

三妹の口のきけない叔父が彼女を呼び、アーウーと身振りで伝えた。「家財道具は全部行っちまった。おまえももう出発だ」

四月は引越しの季節なのだろうか？　ヤマツツジが峰々で一斉にほころび、枯れた枝葉を押しのけ、藤蔓や濃い霧を押しのけ、春へと衣をめくり、二百日にわたる長い冬の季節を日にあてようとしていた。

三妹は王皋の叔父とともに出発したが、一歩ごとに振り向いた。手の込んだ編み籠を背負い、その中には伯緯がくれたジャガイモが入っている。それは彼が自分で植えたものだった。

しかし夜になって、三妹はまた伯緯の小屋の入り口に現れた。

「どうしてまた戻ってきたんだ？」伯緯は薪を割る斧を持ったまま炉端から立ち上がり、出迎えて言った。

「ジャガイモを剥いて、芋煮を作ってやるよ、伯緯」三妹の袖には針が刺してあった。針は女の手に乗るとキラキラと輝き、鮮やかに見えた。

三妹は彼のもとに残った。

その夜、掛け布団がないので、二人は仕方なく一緒に敷布団にくるまった。伯緯は言った。

「布団もなくて、済まねえなあ」

「これでいいんだ」三妹は言った。

「俺はうまいことも言えねえけど」伯緯は言った。「米が一粒あったら、おめえと子どもに半分ずつやる。真心を尽くすから」

「それじゃあんたに苦労をかけちまうよ」三妹は涙を拭いて言った。

伯緯は山に登ってトウモロコシを植えようと考えた。種を入れた袋を背負い、鋤を背負って家を出る。三妹が彼の手を引いて言った。「この手でどうやって耕すの？」

伯緯は答えた。「おめえと子どもに飯を食わせねえと」

その日、伯緯は畑を焼いた。気に入った傾斜地の周囲に防火壁を作り、それから火をつけて灌木や下ばえ、藤の蔓や腐った葉を焼く。三妹は伯緯についてきて、火がつきやすい蔓や枯れ枝を鎌で刈った。その日、炎は天をも焦がした。それほどに大きい炎だった。その日、三妹の唄声は伯緯を驚かせた。

種をくわえて手で穴を掘り
山にトウモロコシ植えるんだ

伯緯は言った。「三妹、おめえ唄がうめえな。だが俺はやっぱり王皋の唄が好きだ。あいつはいつも震えてた。でも震えたのが一番うめえんだ。あれは確か……そうだ、震音ってやつだ」

三妹は言った。「王皋の唄は私が教えたんだ」

「とっくに知ってらあ」伯緯は言った。「でもおめえが教えてねえ唄もある。ハイカラ二班、野暮天地主の第四班、どっちつかずの第三班、百戦錬磨の第一班……それからこれもだ、神農架の山の険しさよ、つづら折りの苦しさよ、年がら年じゅう道を敷き、日の目を見るのはいつの日か……」

「道路はもう御触れの断崖までできたよ」

道路は確かに御触れの断崖までできていた。岩を爆破する音がドカンドカンと響き、谷から立ち上る煙や砂利が、彼らのいる斜面の辺りまで飛んでくる。伯緯は木の株を掘りながら言った。「あれは全部俺たちが作ってきたんだ」彼は手のひらに唾を吐いた。三妹が見ると、伯緯の手のひらは血だらけだった。もっとも、はなから手のひらなどないのだが。

「もっと唄ってくれねえか？」爆破音が止むのを待って、腰をかがめて土を掘っていた伯緯が三妹に言った。

畑の反対側にいる三妹は大声で言った。「息子が産まれて大きくなったらあんたを養わせるよ、恩返しだ」

伯緯は顔を上げた。はっきりと聞こえたのだ。「俺の息子だろう？　俺の跡継ぎじゃねえのか？」

「あんたは良い人だよ、伯緯」三妹は涙声になった。

夜、御触れの断崖の方からハンマーの音がキンキン、カンカンと聞こえ、三妹はその音の中で子どもを産んだ。女の子だった。

子どもは木の根のように痩せていて、目だけは人らしかったが、あとはまるで人間らしくなかった。

秋、伯緯は山から四百キロのトウモロコシを担いで戻り、それを売って娘を医者に診せた。

町で五日間治療をして戻ると、一家三人には食べるものがなくなった。伯緯はまた籠を背負って道路補修班で砂利運びをした。吹雪の中で砂利を背負って坂を上がり、トウモロコシを手に入れて戻り、粉にして粥を作り、下痢で死にかけている子どもに食べさせた。伯緯の指はもう銃の引き金を引くことができなかったので、落とし穴を掘って獣を捕まえた。山の掘っ立て小屋で三日三晩待ち続け、ようやくキョンを一頭捕まえた。その年の冬、キョンがなぜ彼の穴に落ちたのか、それはまるで奇跡のような話だった。冬場にキョンの肉入り粥があれば、もう何も言うことはない。

翌年の春には、もう一枚畑を焼いた。雨が降って、焼いた畑から青々としたアブラナが顔を出した。どこから来た種だ？　植えてもいないのに？　不思議だった。柔らかなアブラナは花軸を摘み取り、もっと育ったら種を採り、刈り入れて油を搾るのだ。三妹の腹はまだ平らなままだった。

木材を運ぶトラックが轟音を上げて山に入ってきてはまた出ていく。どの車も死の香りを放つ樹脂を湛えた大木を積んで、敷いたばかりの砂利道を踏み固め、山の上から転がり落ちるように、香渓河《シャンシーホー》の方へ走っていく。伯緯の家の雌犬も見物しようと道路に駆け上がったが、たちまち尻を轢かれて、両の後脚がきかなくなり、いざりながら這って戻ってきた。

犬は死にかけたが、しばらくすると元気になり、前脚で立つようになった。犬には仔犬が二匹いた。母犬の後脚が萎えてしまったため、乳も枯れてしまったが、仔犬たちはなおも乳を吸おうとする。伯緯はそれを見ると仔犬を蹴飛ばして言った。「股ぐらに潜り込め！」そして母犬も蹴った。「こんなに生みやがって、まだ元気でねえか。死にぞこないのくせによ」犬は蹴られて、親も仔も揃ってワンワン鳴いた。

その時、三妹は子どもを抱いてアサツキをよりわけていて、母犬が伯緯に蹴られ、後脚を引きずって裏のミツバチの巣箱の方へ行くのを見た。三妹は悲しげに言った。「伯緯、済まないね。あんたに子どもを産んでやれなくて。あたしたちは出ていくよ」

三妹は言うや否や母屋の石臼の柄にかけた服を取り、豚の餌場から背負い籠を取って、ワアワア泣いている子どもを中に入れた。伯緯は駆け寄って子どもを奪い、言った。「三妹、変な気を回すな。俺はおめえらを嫌ったことなんかねえ。行くって言ったってどこへ行くんだ？おめえが行っちまったら、俺に何の楽しみがある？」


娘が学校に上がる年になり、伯緯は家から二、三キロ離れた学校に娘を預けることにした。学校は狼牙岩《ランヤーイエン》の下にあり、岩壁に貼りつくように建つ棟と、ずらりと並ぶ寝床があり、大きいのから小さいのまで二十数人の子どもたちが寝泊まりしている。学校の前には河があり、子どもたちはそこで水を汲んで飲んだり、顔を洗ったりした。真冬の寒い時期でもそうだ。土曜日になると、伯緯は一頭の山羊を追い立てて娘を迎えに行った。山羊は三妹が実家から連れてきたものだ。それというのも、伯緯がジャガイモを掘っていた時、不自由な両手では鋤の柄を持つ力が入らず、自分の脚を切って、片方の足の指が腐ってしまったからだ。三妹はもう二度と伯緯を山に行かせず、自分が畑に行って夫の仕事をし、夫には山羊の放牧をさせることにして、実家から種山羊を一頭連れてきたのだ。

伯緯は放牧をして、腰には鉈を挿し、手には鋤を持って、柴を刈ったり薬草を採ったりした。サイシンや、サイコや、ツチトリモチや、ウドだ。伯緯の山羊はどんどん増えた。最も多い時で二十頭、食ったり、売ったり、死んだりしたが、いつも十数頭はいる。彼はいつも山羊を山頂まで追っていき、皇天埡のとば口で、道路やそこを走る自動車を眺めるのが好きだった。山から下りる時には、車のタイヤが頭上を走っていくこともあった。車はこの山で唯一の動くものだ。雲がなく、獣もいない時、その静かな山の上で、道路はまるでそこに這いつくばる蛇のようだ。筋を抜かれてしまったみたいに、ピクリともしない。クラクションの音とともに車がやってきて、列をなしてブーブー、ブーブーとやたらに騒ぎ立てると、道は活気を取り戻し、山も生き返る。山羊は驚いて鳴き始め、口には青草をくわえる。伯緯は道路が好きだった。いつもその動かない指を押し広げて、さすりながら、その指と目の前の道路の因縁を想った。雨の日には濃い霧が立ち込め、王皋がそのとば口から下りてきて、全身をじっとり濡らして「爆破するぞ」と言うのを想像した。

道路は静かになり、爆発音ももう聞こえなくなった。だが、ある雪の日、轟音が響き、以前の爆破でゆるんだ岩の塊がゴロゴロと落ちてきて、安徽《アンホイ》から木材運搬に来ていたトラックを押し潰した。ここを通る車は運転が荒く、しかも重い。道路が陥没するほどだ。車は上りは空で、下りは目いっぱい荷を積む。マツ、スギ、カバ、クヌギ、すべて枕木や搾《し》め木にするもので、センキュウ、トウヒ、セイタンもあった。ある部隊がここに伐採に来て、隊のお偉いさんが除隊して帰郷する時、ヒマラヤスギの家具を持ち帰ったうえに、麝香も二キロ半持っていったことがあった。雄のジャコウジカ一頭からは麝香が五〇グラムしか取れない。小さいのからは五グラムだ。つまり、その男は百頭近いジャコウジカを殺したということだ。トラックは途切れることなく走っていて、いつかは事故が起こるはずだった。山は爆破で身体がバラバラになり、魂もバラバラになって、持ちこたえられず、崩れ落ちるしかない。

伯緯は吹雪の中で事故処理にあたっている男たちを見かけた。砂利を片付け、道を空けて、他の自動車がなんとか通行できるようにしている。もっと大きな岩や、岩に押し潰された車は、そのまま道路に捨て置かれ、雪がその上に降り積もり、引き裂かれた木の幹や根も、痛ましくそこに横たわっていた。雪はひたすら降り続けている。神農架の雪はいつもそうだ。少しも音を立てないが、激しい。だが夜になると、ほら、森の中で凍裂の音がまるで化け物のように、この世界に情け容赦なく響く。木の枝と幹が束縛に耐えきれず、雪と氷を貫いて必死に呻《うめ》き声を上げるのだ。

だが今は静かだ。もうじき正月だ。伯緯は正月が近いことを思い、一人でそこに立っていた。手には山羊の鞭を持ち、まだ完全には雪に覆い尽くされていないあの岩と、岩の下の潰れた解放*のトラックを見ていた。解放だ。車に積み上げたブナは、どれも樽のような太さだった。ああ、彼にはその人が、運転席のその人が見えなかった。一人だけか？　だが彼にはその哀れな手が見えた！　その手は助けを呼んでいるのか？　手は車の窓から伸びている。褐色の岩の隙間から伸びている。手か、それとも枝か？　人の手だ、岩よりも暗い赤黒い血に

＊解放
中国の自動車メーカー、中国第一汽車が生産する自動車ブランド。

まみれている！　彼にはその人のちぎれた身体が、あるいはその服が見えた。今、雪は一層激しく降りしきっている。まるでわかっているかのように、伯緯にこれらすべてを見せまいとするかのように。こんなことはいけない、こんな惨事を見るのは良くない、もうすぐ正月なのだ、縁起が悪い。

だがあの手は！

彼もかつて血まみれの手をしていたのだ！　やはり年越しの頃、雪が綿のように舞い散る時に。

伯緯は山羊の群れを追って家に戻り、放心状態で、中に入るなり三妹に言った。「酒を温めてくれ」

伯緯が半時間後に空の酒壺を下げて戻ると、三妹はどこに行っていたのかと尋ねた。彼は道路で起こったことをすべて話した。

「それであんたは何て言ったの？」

「俺はこう言った。運転手さんよ、寒いかい、安徽から来たんだろう、安徽はきっとこの神農架ほどは寒くねえだろう、酒を飲んで温まれよ……それからこう言った。何と言ったかな、思い出させてくれ……そうだ、こう言った、俺たちのところは、酒の飲み方ってのがある。あんたのために一杯、俺がまず一杯飲む、それからあんたが一杯、またあんたが杯を返して、もう一杯……それはやめておこう、自分でやるよ、満杯に注ぐよ、神農架のもんは無理な酒は飲ませねえんだ。俺が一杯、相手も一杯、そうしてるうちに壺が空になったんだ」

「あんた、おかしくなっちまったんだろう」三妹は寒さで鼻を赤くした伯緯を見ながら言った。彼は雪だるまのようになっていた。

「何を言ってるんだ、俺がおかしくなったって？　この人でなしめ、俺がおかしくなったって？」伯緯は酒臭い息をまき散らした。指を三妹の鼻先に突きつけて罵った。彼はこれまで女房を罵ったことがなかった。その後三妹は、伯緯がそこで怒って涙を流しているのを見た。

年越しの数日間も、伯緯は酒壺を下げて道路に出かけ、手が届く限り運転席の内外に酒をまいた。初めの何日かは、一羽のカケスが崩れた崖の上で鳴いているのが彼にも見えた。葉が落ち切ったハゼノキの上で、独りぼっちで鳴いていた。その声は聞く者をどんよりと重苦しい気分にさせたが、幾日かして再び見上げてみると、いつのまにか樹上にはもう何もいなかった。

彼はその人に言った。

「山はますます寒くなる。春になる前のこの時期は、いつも一番寒いんだ。少し飲んで、寒さを追い払ってくれ」

ある日、彼は言った。「協同組合の酒でねえぞ、俺はあれは飲まねえ。こいつはうちで作った酒だ、度数は低くて、悪酔いもしねえぞ……冬は客が少ねえから、酒はあるんだ、飲み切れねえ。こんなに寒い季節に、誰がこの神農架に来るもんか……」

またある日、彼は言った。「家の人はもうじき来るさ、俺はどのみちあんたに酒を供えてやるよ。その人たちが来るまでな。しくじったと言えば、ここの道路工事で俺もしくじった。この両手はここの工事でだめにしちまったんだからな！　あの時は凍てつくような寒さだったが、俺たちは肌脱ぎになって河に下りて、路盤を作ったり、川筋を読んで蛇篭《じゃかご》を下ろしたりした。何が頼りかって、酒が頼りだった。だから、酒があればあんたも怖いものなんてねえ、この世もあの世も俺に言わせれば似たようなもんだ、酒さえありゃ、どんなことだってやり過ごせらあ……」

春節は打ち続く寒さの中でひっそりと過ぎていき、太陽は数日顔を出したが、峰の積雪は少しも変わらず、なおも目につく場所を占めて、山々の本当の姿を覆い隠していた。

クレーン車が登ってきて、死者の弟もやってきた。彼らは死者を掘り出した後、運転席の辺りに濃厚な酒の匂いが立ち込め、茶碗や飯が置いてあるのを見つけた。後に彼らは人に尋ねて、それは伯緯という障害者がやったことだと知った。彼らは見物の群衆の中から伯緯を引っ張り出し、みんなの見ている前で死者の弟が伯緯に向かって跪《ひざまず》き、泥水の中、頭を何度も地にこすりつけて礼を言った。

「兄さんは凍えてはいなかったんだ、毎日酒で身体を温めていたんだ」

見物人たちは、死者の弟が腕から時計を外して伯緯に無理やりはめさせ、ほんの気持ちだと言うのを聞いた。押し問答の末、その腕時計はどうしても伯緯の腕に収まることになった。伯緯は言った。

「こんな時計は俺たち田舎者にとったら何の役にも立たねえよ、あんたたち勤め人こそ使えるってもんだ、高価なもんだし、俺にはもったいねえ」

死者の弟は兄の遺体を運ぶ時、伯緯に言った。「あなたのこのご恩、俺は絶対に忘れませんよ」

神農架の山は少しずつ背が低くなっているように見えた。だがそれは低くなったのではなく、高くそびえる大木がみな切られてしまったからだった。切られていないのは材木にできない曲がった木や若木で、道は露わになり、はっきりと見渡せた。断崖に、河岸に、まず大木を運ぶトラックが通り、続いて中くらいの木材を運ぶ車、細い木材を運ぶ車、木炭を運ぶ車、それから枝を運ぶ車、その後は、もうない。大型トラックは減り、小型車が増えた。小型車は、最初はジープ、お次はチェロキー、ラーダ、サンタナ、それからランドクルーザーも来た、ベンツも来た……高級車がますます多くなった。それにたくさんの小型トラックが混じり、人や物を運んでいる。さらにどこから来たかわからない個人経営のおんぼろバス、ゆらゆら、ガタガタ揺れている。夏には、山はやはり緑色だ、もう一度大きな森になろうとしている緑だ。豪雨も降り、土石流もあり、すべてを干からびさせる旱魃もある。逆に冬の雪は少なく、遅くやってきた。だが万年雪の皇天埡では、雪は毎年変わらない。雪が降りしきる日も、車は相変わらず突っ走り、つるつるした分厚い氷の上を色々な大きさの車輪が進み、通り過ぎてはまたやってきて、追いつ追われつ、房県へ、興山へ、もっと遠くの宜昌や漢口《ハンコウ》にまでも向かっていく。キーッというブレーキの音が聞く者をギクッとさせる。山羊を追う伯緯はその音とともにタイヤが岩壁を擦るのを見て、思った。この頃の運転手はなんでまたますます肝が据わってきてるんだ？　ヒョウの肝でも食ったのか？　実はそうではなく、金のためだった。だが、役人は？　サンタナや紅旗*、アウディに乗ってる奴は？　あいつらも金のためなのか？　岩の上に腰を下ろした伯緯にはわからなかった。あいつらは何であんなに急いでいるんだ？　戦

*紅旗　中国第一汽車が生産する高級車。

場にでも向かっているのか？　――もちろん、そう思うようになったのは道路で事故が起こり、何人かが死んだと聞いてからのことだ。

ある日、伯緯が山羊を一頭売りに町に出ようとすると、十八拐《シーバーグワイ》の道端で運転手が一人、車を停めて紙銭を焼いていた。尋ねてみると、その場所で車の事故があり、若い男女が死に、合葬されたという。運転手は、ここで紙銭を焼いておかないと、上り坂の途中でエンストするんだ、と言った。この道を通る運転手は紙銭を持ってきて焼かなければならない。さもないとその男女が方術を使ってエンジンを止めてしまう。通行料をよこせというわけだ。それを知らなかった奴が雨の夜にこの辺りを走っていたら、一組の男女が現れて車を停めさせた。車を停めると、二人は笑いながら乗ってきて、しばらくすると停めろ、着いたと言う。荒野の真ん中で、周囲は深い森だ、いったいどこに着いたっていうんだ！　もし二人を乗せてやらなければ、車はエンストするか、真っ逆さまに山から転がり落ちるかだ。

この物語は伝われば伝わるほどもっともらしくなり、尾ひれがついた。誰それはその男女に遭ったことがあるとか、誰それは車に乗せなかったから命を落としたとか。ところが伯緯はいつもこの辺りをぶらついていて、時には夜になることもあるのに、これまでその男女に遭ったことがなかった。墓の上の草は高く伸び、壊れた茶碗が積み重なり、花が咲いては綿毛をつけ、綿毛の後にはまた花が咲き、墓の上にはカケスやカラスの糞が残され、ルリオタイヨウチョウの小さな巣が隠れている。たとえ雨の降りしきる陰鬱な季節にぼんやり見ていたとしても、その二人の幽霊の影さえ目にしたことはなかった。

とはいえ車の事故は実際、増えてきていた。運転手たちがどれだけ紙銭を焼こうとも、効果はなかった。

小さな事故も、大きな事故もあった。崖を数百メートル転がり落ちたのも、木にぶつかって止まったのもあった。人が死んだり、死ななかったり、怪我をしたり、しなかったり、色々だ。

ある日の雨の夕暮れ時、一人の農婦が解放軍の車に便乗していた。車には棺桶が積んであった。農婦は雨合羽を着て荷台に立ち、十八拐にさしかかる頃には空はとうに真っ暗だった。農婦はここには幽霊が出ると聞いていたから、ひどく気を張りつめて、車の上のびっしょり濡れた棺桶をじっと見つめていた。突然、棺桶のふたが動き、中から一本の手が出てきて、農婦は驚いて車から落ちて死んでしまった。実は棺桶の中にいたのは生きた人間で、運搬係の老人だった。雨が降ってきて、避けるところがないから棺桶に潜り込み、その後、手を伸ばして、雨が止んだかどうか確かめようとしたのだ。同乗者がいたことなど知る由もなく、驚かせて死なせてしまった。

しかし運転手たちが言うには、皇天埡を通る時は、気を張っていようといまいと、突然太鼓のような音が聞こえるという。下りの時はもっとひどい。頭がふくれたような感じがして、まるで空気が詰まったよう、目には何も見えず、気体が充満しているようになる。それは一時のこととはいえ、ハンドルを切り損ねてタイヤが道を外れたら下へと真っ逆さま、生きるか死ぬかはお天道様に任せるしかない。

海抜三千メートルの山間では、高山病になって脳が膨張するという。そこの磁場が生体電流を狂わせるんだと言う人もいるし、皇天埡は幽霊谷だと言う人もいる。

「ドーン……ドン……ドン……ドン……ゴーン……ギィー……ドーン……」

途切れ途切れに続く事故の音が響いたのは、十六になった娘の縁組が整った夜のことだった。伯緯は地酒を飲んで寝ていたが、はっと目を覚まし、山から伝わってくる恐ろしい物音をはっきりと耳にした。最初は転落、二回目、三回目、四回目は岩にぶつかった音、もう一度ひっくり返って、木か何かに切り裂かれ——あるいは木を切り裂き——、また転がると、もう物音はしなくなり、谷間に横たわった。一連の物音から判断するに、車はおよそ二百メートルから三百メートルは転落しただろう。

その時、三妹はまだ起きていて、親戚たちが食べ残した酒宴の後片付けをしていた。伯緯は身体を起こして座った。冬の寒さの中、窓はぴったりと閉めているのに、揺らめくランプの火がまるで車が転落して巻き起こした風を伝えているようだ。

彼は暗闇の中で座っていた。車が落ちる音はよく知っている。くぐもった雷鳴のような「ゴローン……ゴローン」という音が絶え間なく続き、大きくなったり小さくなったりしたなら、それは木材運搬車で、積んだ丸太がぶちまけられて転がる音だ。古い線路の上を走る有蓋貨車に似ている。鋭い音なら小型車だ。「キーッ……サーッ……バーン……ガシャーン……ガターン……」個人経営の古いバスが落ちる音は一番耳障りだ。「ドーン……ガーン……ガラーン……ガシャーン……」時々、シュッシュッという奇妙な音が混じる。伯緯には音を通して、車が山のどこで事故を起こしたか、どの岩や木が壊滅的な衝突に抗って、どんな怒号を発したのかがわかる。どんな岩も木も、こっちが手出しをすれば音を出すことを彼は知っていた。そいつらには、おのれというものがある。伯緯は山のもののことをよくわかっていた。車と岩、木は、ぶつかり合う時にしばしば深い恨みと怒りの音を立てる——人間の声など、そんな時にはないも同然だ。災難に出くわした時の沈黙は、人間の最もひ弱なところだ。もしかすると遠過ぎて、彼には聞こえないのかもしれない。どっちにしろ、現場に近づいて捜索し、まだ息のある人を見つけてみなければ、彼らのかすかな呻き声や、か細い息遣いを聞き取ることはできない。

伯緯はそれらの音を聞いて、ユーカリの木のように首を伸ばした。彼は寝床から下り、服を着た。部屋から出ると、台所の三妹に向かって言った。「様子を見てくる」

「あたしには何も聞こえなかったけど?」三妹は彼が何をしに行こうとしているのか気づいて言った。

伯緯はすでに戸口の段を下りていて、豚小屋から竹竿を取って戻ると、炉に入れて火をつけた。竹が燃える音がパチパチと鳴り響いた。

昔は車の事故は多くなかった。谷の入り口には小さな道路整備所があったが、今はなくなってしまった。だから、もし彼が行かなければ、他に見に行く者はいない。

彼はカケスの鳴き声を聞いた。それは寝ぼけたような声からくっきりした声へと変わる、あいまいな、だが何かを直感した叫びで、はっきりと覚醒して意味を込めた叫びや、互いに呼びかけ合う鳴き声とは違うものだった。闇夜に眠るカケスたちは、新鮮で濃厚な血の匂いを嗅ぎつけたのだ。さもなければ、こんな時刻に目を覚ますはずがない。

空は珍しく晴れて、星は奇妙なほど多く、月は冴え冴えと輝き、山もいつになく静かだった。この辺鄙で神秘的な山の上で、月の光はあたかも全世界がより深い寒さへと落ちてゆく歩みを食い止めているかのようだった。寒いことは寒かった。だがもしもカケスの鳴き声がなかったら、心が震えることは決してなかっただろう。少なくとも生まれた時からここに住んでいる伯緯にとってはそうだった。

現場に向かう途中、彼はふいにある感覚を覚えた。何も起こっていない、すべてはただの悪夢に過ぎないのだ、と。車がその死への旅を終えた後は、いつも静寂のひとときがある。その時、怪我人は呻き声を立てることも知らず、痛みもまだ感じていない。もしかすると腕が折れ、内臓が破裂しているのかもしれない。

彼はトウモロコシ畑の急斜面から近道をして谷へと向かい、車が転落した場所をやすやすと見つけた。指の欠けた手でたいまつを掲げ、大声で叫んだ。

「おい、誰かいるか？　誰かいるのか？　返事をしてくれ！」

実のところ、カケスの鳴き声が彼をこんな痛ましい気持ちにさせたのだ。ここでは、少なくとも一群れのカケスが、無数の夜に人の血をすする夢から目を覚ますうちに、フクロウの目を身につけたのだ。

たいまつを持っていたせいで、視野はひどく狭かった。岩だらけの斜面を降りながら、その岩の隙間や灌木の茂み、蔓や茨《いばら》の中に人影を探すのは厄介で、一歩進むごとに声を張り上げるしかなかった。

「誰かいるか？　おい、どこにいるんだ？」

谷底の車の手前で、彼は一人の男を見つけた。酒を飲み過ぎた伯緯は今ようやく我に返った。さっきまで、彼は客人に酒をふるまっていた。目の前に重ねられた杯は十数個にも上り、一個につき二杯飲まねばならなかった。その場にいた全員が、彼の家に婿入りした男はきっと孝行者に違いないと思っていた。「実の息子と同じようなもんだ」彼らはそう言った。お世辞を言ったのだ。彼の混乱した頭は車が落ちる音を聞いた時にはすっかり静まり返っていた。血のつながった息子がいない無念さは寝床に入ればたちまち忘れ去る。だが今、ふいにそのことを思い出し、自分のあそこはだめだと思った。その男が見えた——ズボンが脱げていて、あそこが干からびたキノコのように縮み上がっている。頭と腿は血まみれだった。

「他に誰かいるか？」伯緯はその男に聞いた。

「いる。女だ」まだ生きているその男は言った。

「そうか。そんなら、先に下りて女を探すが、いいか？」

「ズボンを探してくれないか、俺のズボンだ、何とかして隠さないと」男のかすれ声が、背後から懇願するように聞こえた。

隠すというのはもちろんあそこのことで、傷口ではなかった。どうやら、羞恥心はこんな時でも一番大切らしい。伯緯は仕方なく振り返り、たいまつを置いて、どうやって隠してやるかを考えた。ひどい寒さで、傷口の血はすでに固まっている。裸でいるのは確かに良くない。そこで彼は男に、作業服を脱いで隠してはどうかと言った。男は同意した。だが服を脱がそうとすると、男は言った。「腕が折れてる」

男はセーターを着ていたが、伯緯はそのセーター越しにとげとげとした骨に触れた。確かに腕が折れている。伯緯は仕方なく自分の綿入れを脱いで、男の下半身を覆ってやり、じっとしてろよ、痛みが出るといけねえから、と言った。伯緯は言った。「下にいる奴を見つけたらあんたを助けてやるから、いいな?」

谷底を探すのは生易しいことではなかった。転落した自動車は多くの木をなぎ倒していたが、冬の強靭な茨が足の踏み場もなく覆い尽くしていて、たいまつをしっかり持っていなければ、そこらの枯れたチガヤや落ち葉に引火して山火事になってしまう。どうしてよりによって夜なんだ? 彼は考えた。まさか本当に岩の精や木の精がいるっていうのか? それに、あのまやかしをする亡霊まで?

自動車の巨大な躯体が岩の隙間に挟まり、前半分は崖のふちからせり出している。菩薩の加護か、上を向いたドアの口に、女が一人仰向けに横たわっていた。なんてこった、岩を上り、車によじ登ってみると、女も下半身が丸出しだった。

「おい!」彼は叫んだ。

火の粉が女の身体に落ちた。身を乗り出して見てみると、女はもう死んでいるようで、顔は血の気を失っていた。

彼は腰をかがめて女を抱き上げた。まだ若く、髪は長く、見た目も悪くない。ただもう死んでいて、ぐんなりとして、顔には血がつき、尻も下半身も血だらけだった。しかもどうやら全身の骨が折れているようで、まるで子どもの頃に父親が作ってくれたとんぼ返りをする小さな木の人形のようだった。死んでいるなら話は早い。彼は腕で女を抱え上げると、脇に挟み、岩から引きずり下ろした。喘いでいると、上にいる男が叫び出した。

「俺のズボン、それから布団も！」

ああ、まだ布団があった、運転席だ。ぐっしょり濡れて、血生臭く、血みどろだった。この女はドアから這い出した時にはまだ生きていて、その後で死んだに違いない。彼は女の脇の下にかすかな温もりを感じたが、それはもう死者のものだった。

まったく面倒だ。彼は布団を引っ張り出し、さらに女を背負って男のズボンを探したが、どうしても見つからなかった。ないものは仕方がない。布団を抱え、女を担ぎ、残りいくらもないたいまつを手に取り、よじ登った。男が木にもたれて立ち上がっているのを見て、ギクッとした。

「ズボンはなかったのか？」男が憤然として尋ねた。

「見つからなかった」伯緯は答えた。内心こう思った。女が生きてるかどうかは聞かないのか。彼は女を背負い、布団を男に渡して羽織らせ、尋ねた。「歩けるのか？」

「ああ、行こう」男は言った。

こいつは人間か、それとも幽霊なのか？　何をそんなに苛立ってるんだ？　こいつらはあの二人の……

伯緯は女の身体の重さを感じた。彼は再び死者を背負っている。男は布団をかぶって上へと登っていて、まるで化け物のように見える。そう思うと伯緯は寒気がした。頭の毛穴から玉の汗が噴き出していたにもかかわらず。

「車はどうして落ちたんだ？」彼は尋ねた。必死に尋ねた。

だが布団をかぶった男はもう口をきかない。棘や木の枝がしきりにズボンの腿に引っかかる。一体、棘だろうか、それとも幽霊の手が彼を引き留めているのだろうか？

幸い、彼らはついに道路に這い上がった。男には彼の支えはいらなかった。彼が必死に問いかけている時、肩の上の女の身体のあちこちが、パキッ、パキッ、と音を立てるのが聞こえた。骨が裂け、こすれる音だ。彼は道の真ん中に座り込み、言った。「柴を拾ってくる」

彼は道端で柴を拾った。男は布団で自分をしっかりと覆っている。それから火を起こすと、すべてが明るく照らし出された。道も、木も、布団も、死人も、彼自身も。それから空のどこかにいるカケスの鳴き声も、すべてが照らされた。冷たい風が吹きつけている。彼は言った。「車は来る、きっと来らあ」彼はそこに腰を下ろした。口も舌も渇いていた。今、あの血の匂いが甦った。彼が見た男と女の血生臭い匂いだ。水が飲みたい。サンショウをかじるのでもいい。

彼が懸命にサンショウのことを考えていた時、車がやってきた。小型トラクターで、のろのろと、馬鹿でかい音を立てて走ってくる。何ていい音だ、大きければ大きいほどいい。そうだ、一番いいのはトラクターだ。両腕を広げ、道の真ん中に立って、叫んだ。「事故だ！　事故だ！」

トフクターは天から降ってきたかのようで、元気いっぱいの親方が運転していた。ようやく停まり、エンジンだけがブンブンと唸っている中、親方が聞いた。

「また何が起こったんだ？」

「車が落ちたんだ」

伯緯はまず女を荷台に抱え上げた。荷台には丸太が数本乗っているだけで、それから親方と一緒に男を乗せる。男は布団の中から伯緯の上着を投げてよこし、言った。「あんたのズボンを貸してくれないか？」

どのみちボロボロのズボンだ、下にはズボン下も履いている。伯緯は泥や血がこびりついたズボンを脱いで男に渡し、言った。「車は俺が見張っていてやるよ」

伯緯は焚火を崖のそばの風のあまりない場所へ移し、また柴を拾ってきて燃やした。知らぬ間に、空が白んでいる。

岩にもたれかかってうたた寝をしていると、山羊の鳴き声が聞こえた。俺の山羊だ、三妹が山羊を追って登ってきたのだ、手は鞭を振るっている。

朝方には少しの霧もなく、空はきれいに晴れ上がり、山の下の木々の隙間から、転落した車がはっきりと見える。

「あんた、ズボンは？」三妹が尋ねた。

「さっきの男にやった」伯緯は答えた。

「その人は何でズボンがなかったの？」

「なかったんだ、男は生きてて、女は死んだ。二人ともズボンは履いてなかった。まだ車の中にあるんだろう」

瞬く間に、家族が二人増えた。婿と孫息子だ。婿を取ったので、孫は伯緯の姓を名乗った。伯緯は嬉しかった。跡継ぎができたのだ。伯緯は山羊を追って山を登る時、孫を連れていきたがった。「憨娃《ハンワー》＊、爺ちゃんとセミ取りに行こう」「憨娃、爺ちゃんと虎打ちに行こう」伯緯には普通の手がなく、二本の動かない奇妙な指しかなかったが、孫を連れ、山羊を追って山に登った。孫は泣き、彼と一緒は嫌だと言って、畑に出る両親や祖母についていきたがった。伯緯はおかまいなしに、木に登ってセミを捕まえたが、娘と婿はとっくに孫を連れていってしまっていた。

伯緯はいつも孫を連れ戻した。孫が泣こうがかまわない。「それ以上泣いたら、赤毛の野人が来るぞ！」彼は孫を脅かして言った。ある時、孫が山で転んで、額を擦り剥き、顔は石でぱっくりと切れ、傷がふさがっても痕が残った。女房と娘と婿は孫を決して外に出そうとしなくなったので、伯緯も外に出ず、孫にまとわりついて昔話をした。「……盤古《ばんこ》＊の親父は誰だ？　江沽《こうこ》だ、江沽は浪蕩子《ろうとうし》を噛み殺して、死体を五つに分けて、水の中に入れた。崑崙《こんろん》山が生えてきて江沽を包んだ、卵の殻みたいにな。一万八千年が過ぎて、江沽は盤古になった。江沽の親父は誰だ？　幽泉だ。幽泉の親父は誰だ？　混沌だ。混沌の親父はな、混元だ。混元の親父は黒暗だ……黒暗母さん空中で回り、身ごもること一万八千年……」それから彼は唄い出した。それは『黒暗伝』だった。「岩の精を知ってるか？　岩の精は木の皮を布に変えちまうんだ……」「赤毛の野人は本当は山の主なんだ、岩の精だ、木の精だ……ある日、一人の猟師が山へ狩りをしに行くと、たくさんの雪が降って、雪の上にはたくさんの子どもの足跡がついて

＊憨娃
子どもの愛称として使われる言葉で、「真面目な良い子」の意。

＊盤古
中国の創世神話に登場する天地開闢の神。

いる。崖のそばまで行くと、足跡が消えていて……」

彼は孫が大好きで、いつも時間になると小屋の山羊たちが腹を空かせて鳴きわめくのに、草を食べさせに行かなかった。

これではまずいと、家族は夜が明けると何としても彼を放牧に行かせようとした。家事は女房の三妹がやり、孫の面倒もみた。畑仕事は娘と婿がやり、豚にやる草も刈った。鉈、鋤、フォーク、彼はどれも手放し、放牧だけをやった。それに、山ではもう薬草が採れなくなっていて、サイコですら掘り尽くされていた。ショウマはまだいくらか残っている。トウジンやエンレイソウはめったに見つからない。ウドとトチュウは家で育てている。彼の家では一ムー〔約六・六七アール〕ほどの畑でウドを育てていて、トチュウの木は十七、八本ある。彼は何をするのか？彼は山にいる。山羊はニワトコを食べ、時には棘のついたイカリソウをかじる。彼は一人で山にいて、誰かに話しかけたり、唄ったりしたかったが、山はずっと黙っていて、山羊もずっと黙っていた。

彼はわけもなく何日も皇天埡の谷間を見つめていた。谷の入り口は巨大な口のようだ。ある日の朝、彼はついにその口が動くのを見た。まるで山の両側の唇が動いて、谷間から一枚の舌が伸びてきたようだ――それは所狭しと繁茂する木々だった。山が口をきく。「オォー」と低い雄叫びを上げる。あくびのようでもあった。山は物憂げに口をきき始めた。それは話すというより、ただ少し動いたに過ぎなかったのだが。彼は山あいに向かって言った。

「兄貴、あんたはついに口をきくようになったな」

それはただの錯覚に過ぎなかった。彼は何を期待していたのだろう？

山羊は三十頭あまりに増えた。彼はいつも山羊にニワトコとイカリソウを食わせた。谷間のアブラギリのところでは、日陰に育った大きなイカリソウは誰も採らない。彼は山羊にそれを食わせて、季節を問わず交配させたから、人と同じように、山羊はたちまち増えた。

今年も十二月になり、伯緯は山羊の腿を十六本燻製にした。つまり、四頭の山羊を潰したのだ。冬、野生のサンショウの実はそこら中にあり、山羊肉の臭みを抑えるのにちょうどいい。彼は松香坪《ソンシャンピン》で働いている兄と兄嫁に山羊の腿を二本、それに膀胱や肝、腎臓などを持っていってやろう、兄に栄養をつけてもらおうと思った。他に、野生のサンショウを五百グラム轢いた。準備が整うと、腿を背負って出発した。

彼は車に便乗したかった。それならただで済む。そこで車を選んで手を振った。乗用車には気が引けた。乗用車には幹部が乗っていて、彼のような汚くて薄汚れた障害もちの農民を乗せてくれるはずがない。手を振ったのはトラックだ。

寒風の中、やっとのことで、木の板を運ぶトラックを捕まえた。トラックは彼のそばに停まり、運転手が窓から顔を出した。見れば、それは彼のズボンを履いていってしまったあの男だった。男は新しい東風*に乗っていた。

「松香坪に行きたいんだ」彼はその男に言った。

男は車内の人を指して言った。「満員だ。また今度乗せてやるよ」

言い終わると、車は出発した。伯緯は凍えて硬くなった鼻をすすり上げた。道端に置き去り

*東風　中国の自動車メーカー、東風汽車が生産する乗用車。

にされたのだ。明らかにもう一人乗れたじゃないか。全身の血が逆流した。無意識に谷のあの大きな口を振り返り、遠くのそれに向かって悲しみを込めて叫んだ。「俺は知ってるんだぞ、あいつは秪《チー》って奴だ、あのちんぽこ野郎！」彼が発した最後の音は頂に向かって長くこだました。「ちんぽこ野郎ー！」彼は叫んだ。「俺のサージのズボンを履いていきやがって、二人してズボンを履かずに何していやがった！　ちんぽこ野郎！」

兄嫁に山羊の腿を届けに行くために、彼は往復で四元使い、ぎゅうぎゅう詰めのマイクロバスに乗った。肝心なことは、あの秪という男が、命を助けてもらいながらなぜ車に乗せてくれなかったのかだ。伯緯にはどうしてもわからなかった。あいつは神農架の者だろうか？　彼はあの凍えて干からびたキノコのようになった下半身と、服の上からでも触れられた折れた骨を思い出した。今、あの男はまたハンドルを握っている。もしまた折れたら？　山の上からゴロゴロと転がり落ちたら、俺はまた夜中に起き出してあいつらを背負ってやるのだろうか？

夜半、三妹の歯ぎしりの音は吹きすさぶ風の音よりも大きい。だが伯緯の耳に届いたのは谷が話している声だった。山が吠えている。何を吠えているのだろう？　女房は何も知らない。山が口をきいたことも、あの秪という運転手が彼を連れていってくれなかったことも。彼はもう家ではそういう話ができなかった。家族がうるさがるのだ。

だが皇天埡でまた二台、転落した。谷が口を開けて、車を呑み込もうとしているのだろうか？　一台は大型車、もう一台は小型車で、小型車は昼間に転落し、大型車は夜中に落ちた。

大型車は夜中に御触れの断崖から落ち、一度だけはっきりとした大きな音を立てた。前置きも、余韻もなく、ドン！という音だけがした。伯緯はそれを聞くや否や、あの御触れの断崖から落ちたのだと悟った。四百メートルの絶壁だ。伯緯は思った。人も車もお陀仏だ。

まったく気の毒だ、また死体を背負いに行かねばならないのか？

母屋の炉にまだ火が残っているのが見えた。まだ竹に火をつけられる。彼はゆっくりと身体を起こした。布団の中と外の気温は違う。おもてはどうだろう？

服を着る時、歯ぎしりをしていた三妹を起こしてしまった。三妹は暗闇の中で尋ねた。

「また何か聞こえたの？」

「寝つけねえんだ。どうも御触れの断崖で事故があったみてえだ」

「そんならついていくよ」

「よせよせ、あすこで何かあったら、神様だってどうしようもねえ。ちょっと見たらすぐに戻るから」

たいまつに照らされた雪原では、人はまるで悪いことをしに行くかのように、いつもこそこそ、びくびくした気になる。特に一人の時はそうだ。凍りついた雪の上をギシギシと音を立てて歩き、道路に出ると、遠くから黒い影が彼に向かって歩いてくるのが見えた。

その人の足取りは重く、影を長く引きずり、ずいぶんと着ぶくれて、まるで独り歩きをする野人のように見えた。野人が道路を横切る写真は、すでに多くの人が見ている。伯緯は叫んだ。

「おい、どうした？」

「車が落ちたんだ。俺は飛び出した」

「大丈夫か？　病院に連れていこうか？」

その人は言った。「俺は大丈夫だ、ただ車がどうなったかわからない」

「まだ生きてるでねえか、出られたんなら良かった、俺の家に来て服を乾かして、茶でも飲まねえか？」

彼はその人に前を歩かせ、自分はたいまつを持って後ろからついていき、後ろを振り向いて何もついてこないのを確かめてから、道を教えた。閻魔の脇の下から逃げ出したその運転手は、まだ気が落ち着かないようで、顔はまるで石灰を塗ったように白く、火にあたってもまだ口からヒュウヒュウと震える音を立てた。

「十八拐のところで紙銭を焼かなかったのか？」伯緯は尋ねた。

「焼いた」

「どうやって飛び出したんだ？」

「ちっとも覚えていない」

伯緯は火を大きくして、靴底からゴムの嫌な匂いがするほど火にあたらせ、砂糖湯を作ってやった。三妹も起きてきてトウモロコシを焼いて出し、言った。「うちの人が生きてる人を連れて帰ったのを初めて見たよ」

その人は自分の汚れた髪の毛をつかんで言った。「逃げ遅れていたら、今ごろはミンチになっていただろうな」

その人はトウモロコシを二本食べ、何度かげっぷをすると震えは止まり、立ち上がって足踏みをした。「まだ歩ける。これも何かのおかげだな、町に戻って警察を呼んでくるよ。現場を見張っててくれないか」

その人は二十元を置いていこうとしたが、戸口を出る時、伯緯にポケットに突っ込まれた。「閻魔様だってあんたの命を取ろうとしなかったんだ、俺もあんたの金は取れねえ。代わりに見張っててやらあ」

伯緯はその人と一緒に出ていき、三妹は彼に酒を持たせた。凍りついた滝が垂れ下がる断崖の下で、車はバラバラになっていた。彼はいつものようにまず火を起こし、酒を火のそばに置いて、動かせるものをどかしにいった。座席のシートや、トラックのあおりや、タイヤなどで、他の車が通りやすいように道を空ける。それから腰を下ろして服の前をかき合わせ、酒を飲んだ。

彼はあまり強くないトウモロコシ酒を飲んだ。自家製で、ちょうど自分が飲みたい強さだ。自分の酒があるってのは幸せなことだ、と思った。自分で植えたあの一粒のトウモロコシがこの酒になった。自分で植えて、収穫して、粒を外して、蒸して、発酵させたのだ。つまるところ、さっきの男のように真夜中に閻魔の手から抜け出した後で、一人で暗闇の中、七、八キロの道を警察に通報しに行かねばならないことなどない。人はトウモロコシ酒さえあれば余計なものはいらなくなる。あんなにたくさんのものを欲しがってどうするんだ、車、運転免許、ガソリン、たくさんの金、木材通行証、最後には自分の命まで……

火の粉が空中に舞い、まるであちこちを漂う蛍のように、辺りに輝きを放っている。空を見上げると、星は少なく、気温は低く、皇天埡のあの大きな口は閉じていて、真っ黒く、ふいに、伯緯にこう暗示するようだった。今日はカケスは騒がなかったぞ、と。

ああ、本当だ、あの不吉な鳴き声はまったく聞こえない。あいつらの羽と嘴は谷の入り口のあの口のように凍りついてしまったのだろうか？　滝は勢いを保ったまま凍りつき、岩の上の木々は真っ白く、鳥や獣が動く気配はない。ああ、一滴も血が流れなかった。そうだ、今日は一滴も血が流れていない。そう考えて、彼はずいぶんとくつろいだ気分になった。火のそばに座っていてもまだ寒く、路上の積雪は厚くはないものの硬く凍りついている。火に近い氷は融けて、また凍った。伯緯はやむなく立ち上がり、焚火の周りを巡り、それから車の残骸の周りを走った。何度か転びさえした。だが笑った。彼の年になると、転んでも笑いがこみ上げるのだ。

彼はそれから焚火のそばで夢を見た。夢の中で父親に会った。森の粗末な小屋の前で服を干している。父親が死んでもう何年にもなる。それからマエガミジカがその白い口で自分をなめる夢を見た。目を覚ますと、三妹が彼の手に団子を押し込んでいる。だが山羊はいなかった。

「みんな年越しで忙しいってのに、あんたは何をやってるの」三妹が言った。

「ハハハ、俺は何をやってるんだろうな」伯緯は女房が作った香ばしい団子をかじった。蜂蜜が混ぜてある。蜂蜜は自家製で、野草の香りがすっと漂った。

まもなく、あの運転手が交通警察と保険会社の人を連れてやってきた。伯緯は夜のうちに拾ったものを彼らに渡して言った。「そんなら俺は行くよ、山羊を放牧しねえと」その人は言った。「ちょっと待ってくれ、あんたも証人なんだから」そして保険会社の人と交通警察に向かって言った。「この人に出くわしたんだ、この人の家で砂糖湯を飲んで、奥さんは俺にトウモロコシまで焼いて食わせてくれた」

伯緯は交通警察とその他数人の見知らぬ人に言った。「この人は俺が会った中で一番の強運の持ち主だよ、ハハハ」

その人は伯緯に話させず、すぐに彼を押しとどめた。「もういいよ、いいよ」

伯緯は仕方なく口を閉じ、彼らが計測し、写真を撮り、記録するのを見ていた。その中の一人が運転手に向かって言った。「あんたはよそ様のトウモロコシをご馳走になったが、俺たちは今日何を食うんだ？　皇天埡で空きっ腹を抱えてろっていうのか？」

伯緯は口をきく機会が来たとばかりに、言った。「俺の家に来て、飯を食えよ。ついでに孫に写真を撮ってやってくれねえか」

そこで彼らは伯緯の後について彼の家に行った。

伯緯の家ではこれまで、制服を着たり、カメラを持っていたりするような、肩書を持った客がこんなにたくさん来たことはなかった。伯緯と家族は急いで山羊の腿肉を洗って斧で切り、鍋を火にかけてジャガイモを煮た。

まだ湯気が立っている山羊の腿肉を炉の五徳の上に載せ、トウモロコシ酒を座卓に置いた。炉を囲んだ人たちは盛んに箸を動かし、食べて汗をかき、上着を脱ぎ、活気があふれた。知らぬ間に酒も回って顔が赤くなってきた。

「……まったくびっくり仰天したよ」交通警察が言った。「十八拐の下を一晩中歩いて、近道をして谷を抜けたかったんだが、明らかにもうすぐ道路に出るって時に、戻る方向に進んじまったんだ。内心思った、道を間違えてるってな。だが足は戻る方へ進もうとする。行っては戻り、行っては戻りだ。その頃俺は派出所勤務で、銃を持ってた。銃のことを思い出して、取り出して続けざまに三発打った。そうしたら意識がはっきりして、道路に出られたんだ」

彼が語ったのは、数年前のある深夜に道に迷った時のことだ。

九死に一生を得た運転手が言った。「皇天埡に来るといつも銅鑼や太鼓の音が聞こえるんだ」

彼らは伯緯に、何か不思議なことに出会ったことがあるかと聞いた。伯緯は言った。「何十年も住んでるが、何にも出くわしたことはねえな」

それから彼らは彼の両手のことを尋ね、ここの道路工事で何人死んだとか、どれだけ奇妙な死に方をしたかを語った。伯緯は何も言わず、傷を負った両手をすり合わせて彼らに酒を勧め、言った。

「たくさん飲みなよ、蜂蜜を混ぜた酒だ、悪酔いもしねえ」

保険会社の社員が言った。「この家に入った途端に蜂蜜酒の香りがしたよ、あんた、なかなかやり手だな」

伯緯は笑って言った。「どのみちこれっきりだ、あんたがた、今日は飲み切ってってくれよ」

はたして、年越しのために一甕作っておいた蜂蜜酒はすっかり空になった。警官は興に乗って家の前で伯緯の家族に何枚か写真を撮ってやり、春節前に必ず現像して届けるよ、と言った。伯緯は県城まで車に便乗して、山羊を二頭売りに行こうとした。すると彼らは手分けして山羊を引いたり追ったりして車に乗せ、県まで連れていってくれた。

数日して、保険会社の社員が二人来た。伯緯が欲しかった写真は持ってこず、あの夜の事故のことを調査に来たのだった。二人は寒い中を歩きたがらず、そのうちの一人はさらに伯緯犬に噛みつかれて腹を立て、登山用の竹の杖を持ったまま、部屋に入っても手放さなかった。伯緯の娘が入れた茶を飲み、挨拶もろくにしないうちに切り出した。あなたはいつあの人に会ったのですか？　いつ壊れた車を見つけたのですか？　車が転落する前に、その車を見かけましたか？　車は前から断崖の上に停まっていたのではありませんか？　本当にあの人とは知り合いではないのですか？　いつも深夜に歩き回って、事故が起きたら助けに行くのですか？　砂糖湯は一杯ですか？　トウモロコシは二本？　彼は当時、どんな様子でしたか？落ち着いていましたか？　あなたは何時何分に現場を離れたのですか？　車を見張る時、一銭も要求しなかったのですか？　事故現場が保全されていたかどうかわかりましたか？

伯緯はその二人の、ろくなことを言わない人に応対した。彼はこっそり台所に駆け込んで三妹に言った。「あいつらに飯を食わせることたあねえ」三妹はちょうど山羊の骨付き肉を切ろうとしていたところだった。だが、彼が台所を出ると、やはり女房が包丁を振るう音が大きく響くのが聞こえた。

「彼は保険金目当てに偽装事故を起こしたのです」その二人は伯緯に告げた。「あなたは何も怖がることはありません。質問に、ありのままに答えてくれればいいのです」

「俺はもちろん怖くねえ」伯緯は自分の感覚のない、半分になった指を曲げながら言った。「俺が何を怖がるっていうんだ、何も悪いことはしてねえんだから、何も怖くねえ。事故が起きたら、助けに行くのは当たり前だ。俺はずっとそうしているんだ、夜だろうと雪だろうと」

「ええ」その二人は言った。「そうでしょうとも、あなたはご存知なかったんです。それはもちろんあなたの責任ではありません。あなたの善意は、悪人に利用されたんですよ」

彼らは保険金詐欺とはどういうことかを彼に説明した。彼らが話す保険業界の専門用語が、伯緯には耳障りだった。それから二人を食事に引き留めたが、二人はこう言って立ち去った。

「犬をしっかりつないでおいてください。急いで帰って狂犬病ワクチンを打たないと」

三妹は二人の客をもてなしたいと心から思っていて、油まみれの両手を広げて二人を見送った。客を送ってから、彼女は伯緯に、二人を引き留めるべきだったと恨みがましく言った。

「あいつらは俺を犯人扱いして取り調べたんだぞ。とんだ赤っ恥だ、人の良心をむげにしやがって」

「聞いてたよ、あの人が車を落としたら、他の人が弁償してくれるんだって？」

「そういうこった」

「そんなうまいことがあるの？」

「一年で二、三千元も保険をかけてるのに、弁償しねえわけがあるか？」

「さっき、弁償しないって言ってなかった？」

「弁償しねえのにも理屈があるんだ。だが、まさか死人が出れば本物の事故で、出なけりゃ偽の事故だってわけじゃあるめえ」

「まさか本当に壊れた車を落としたんでねえだろうな」

「そんなこと誰にわかるのさ」

「そんなことまでしたっていうの？」

「本当に詐欺だったら、何年も監獄行きだ」伯緯は煙草を一服して言った。「閻魔様の手から逃げ出したと思ったら、今度は公安の手のひら行きだ」

「どうしてこういうおかしなことが起こるようになっちまったんだろうね、ここんとこは？」

三妹は尋ねた。

彼女には、伯緯が力いっぱい頭を振り、煙でいぶされてナツメのようになった目に涙をためているのが見えた。

「あんたはいつもろくでもないことにばかり出くわしてるよ。朝起きる時に眉毛を上に三回なでれば悪いものを吹き飛ばすって、お父つぁんとおっかさんに教わらなかったの？」

伯緯は眉毛をなで上げると魔除けになると初めて聞き、三妹の忠告を聞き入れて、起きる時には眉毛を額の方になでることにした。

カケスの鳴き声はその日もやはり起こった。道路では自動車がしきりに行き交い、まるで何事も起こりえないかのようだったが、カケスは鳴き始め、しかもその声はひどく禍々しかった。「ギャア」という短い声、それがカケスの声だった。鳴き声が長く伸びたり、もっと恐ろしい声で「キャー」と鳴くのはニシコクマルガラスかミヤマガラスだ。この一帯、マツ林やハザンモミ、ハリギリの密集した枝から聞こえるのは、寂しくかすかに寒気を感じさせるカケスの声がほとんどだ。それにカケスの姿は異様なところなどなく、見かけることもめったにない。どこかで血が流れ、あるいはもうすぐ流れるのでない限り。他の鳴き声——寝床から出たくないような時、鼻をつまんで「ムギャー」と鳴いているようなこそこそした声が聞こえたら、それはカケスの中でも母鳥か雛だ。カケスどもが早朝に鳴く声は、もし晴れた日で、朝日が煌々と断崖や木の枝を照らし、空がつややかな藍色をしているなら、その声もいくらか活気をもたらしてくれる。もし声が次第に遠ざかっていき、別の森から聞こえてくるなら、こっちとは関係ない、大丈夫だ。それはいつもの鳴き声で、誰かが足を滑らせて小石が転がっていくようなものだ。だが天気の悪い日、今にも雪になりそうな時や、濃密な雪と氷に凍え切って人が生死も定まらない時、カケスの声は、目まぐるしく調子を変えるあいつらの鳴き声は、運命の奇怪さを仄めかす。まるでおまえのすべてはとっくに誰かの手に握られていて、起こるべきことはすべて天が決めてしまったとでもいうように。

大丈夫だ。

伯緯は眉毛をなでて、空に垂れ込める雲に向かって三回くしゃみをした。牛が石段のそばの水たまりで水をなめている。水はひどく冷たく、蹄で氷に穴を開けねば飲めない。がぶ飲みはできず、少しずつなめて飲むしかない。豚は小屋の藁の中でブルブルと震え、鼻先を藁の奥の方へと突っ込んでいる。犬は飛び跳ね、家の中で腹を空かせた猫を追いかけてつつき回す。猫は朝方に腰を伸ばす暇もなく、哀れっぽく鳴いて、何か言いたげに、無実を訴えたげに、時折人間そっくりな声を出している。

婿と娘は二人ともカントウカを掘りに畑に行き、三妹は腕白な孫を股ぐらに挟んで、濃いトウモロコシ粥を食べさせている。二人は炉端に腰かけていて、濃い煙が戸の外へと漂っていた。

「何か聞こえた？」三妹が尋ねた。

「夕べはぐっすり寝てたんでなあ」伯緯はわざと話をそらした。

「朝のことだよ！」三妹は煩わしそうに言った。「眉毛をなでたの？」

伯緯は小屋の戸を開けて山羊を追い立てた。珍しく天気が良いうちに、こいつらに腹いっぱい食わせてやらねば。山羊たちは山肌に沿ってひしめき合いながら歩き、つやつやした糞を落とした。樹皮がめくれ上がったダケカンバの林の中に入り、尾根の影をたどりながら山を登る。山羊たちは太陽が好きで、いつも山頂で何時間も日にあたっている。白い髭がたなびき、風格のある仙人のようだ。

確かに何事もない。路上の陽光は銀の帯のように辺りに揺らめき、他の場所よりもずっと光が密集しているように見えた。

「もうすぐ年越しだ」彼は言った。もっと高いところにある、越えがたい皇天埡のとば口に向かって言った。

谷間の大きな口は何も答えなかった。

「兄貴よう」彼はまた言った。

二台の車がその大きな口に向かって登っていき、二匹の小さなコガネムシのようにうごめいている。

何の音もしなかった。

彼は思い出した。家を出る時、三妹が彼に向かってこう言った。「あんたが出かけるから事故が起こるんだよ」

畜生、くそったれ。俺は疫病神でねえぞ！

彼は雪が融けて風で乾いた日なたの斜面に横たわった。草の中にはとても柔らかいものもある。オオウシノケグサや、ミツバフウロや、ハナニラだ。

「だが俺は道路が好きだよ」彼は言った。独り言だった。彼は陽光の下の自分の手を眺めた。それは手ではなく、木の根のようだった。

彼は今、山にいる。ひとけのない山に。冬のトウモロコシ畑にはわずかな刈り株があるだけで、誰もおらず、野生のズミの上で何かが揺れ動いている。人がもいでいるのではない、二匹のサルだった。カヤの茂みからキジが飛び出し、二本の青く長い羽を落とした。

だが夕暮れ時になると、カケスの鳴き声は濃霧のように再び辺りを覆った。不吉だ。彼は車のクラクションが鳴り続けているのを聞いた。小型車のものだ。山羊を小屋に入れたばかりだった。彼は慌てて様子を見に出てきた三妹に言った。「俺は道路に行ってねえぞ」行かねば。誰にも止められない。こういう時、誰も彼を止めることはできなかった。素早く竹竿を取って火をつけ、動かぬ指でつかんだ。気持ちは高ぶり、両耳は赤い。足元の運動靴のひももぎゅっと締め、足取りは軽い。酔っていようといまいと、いつもそうだった。

クラクションが焦れたように鳴っている。車が制御を失って、溝の下にひっくり返ったからだ。溝は放水用で、低木が生えているだけ、そこに幾度かぶつかり、音も大きくなく、ガンガンと何度か音を立てただけで転がり落ちたようだ。すべては一瞬のことだ。

伯緯は道端に立って下を覗き込んだ。どうしてこんなところまでやってきたんだ、坂を上ってきたなら別だが。上ってきたらきたで、なぜ公道から外れてるんだ？ あんなにゆっくりと走らせて、まさか一人前になっていない運転見習いの若造じゃないだろうな？

カケスが頭上で鳴いている。奴らはまだ眠っていなかったのだ。きっと死人が出た。早朝、奴らは早くも匂いを嗅ぎつけた。どうしてそんなに鼻が利くんだ？ 奴らが今夜は命にかかわる事故が起こると知らせることができたとしても、だからどうだというのだ？ 哀れにも奴らは口がきけない。運転手や車内の者たちにも聞こえない。彼らは遠くからやってきて、快調だと思い込み、道を急ぐ。命が奪われようとしているとも知らずに。

一人が死に、二人が怪我をしていた。

怪我をしたうち、一人は運転手で、一人は局長だった。運転手はクラクションが鳴り響くひしゃげた車から伯緯に引っ張り出された時、ハシバミの木の高いところに引っかかっている人を指して言った。「うちの局長だ」

伯緯には、そう言った運転手の顔が見えなかった。鼻も目も見えなかった。車から引っ張り出した時からそうだった。彼の鼻や目や口はすべて、めくれて垂れ下がった頭皮に覆われていたのだ。

伯緯は言った。「あんたは馬山槐《マー・シャンホアイ》だろう、しょっちゅうこの道を通ってるな。あんたの名前は知ってるよ」

「ああ、俺だ。あんたは羊飼いか、この道で……山羊を飼ってる、手が不自由な人だろう？」

「山羊の匂いがするか？」

「ああ」

「あんたは鼻が利くんだな」

「俺の目が見えるようにしてくれないか」

伯緯が彼の垂れ下がった頭皮を触ろうとした時、木の上に引っかかっている人が叫んだ。「おまえら、何をしゃべってるんだ。俺の叔母さんが無事か見てこい」

伯緯は言った。「あんたの叔母さんはもう息をしてねえ。先に叔母さんを背負うか、それとも馬を背負うか？」

馬が言った。「局長を助けてくれ」

局長は溝の底にいる二人に癇癪を起こした。「何が背負うだ、茶を汲んでこい、喉が渇いて死にそうだ、血が全部流れちまった」

伯緯はヘヘッと笑って言った。「どこに茶を汲みに行けっていうんだ、水だってねえのに」

局長は言った。「俺の水筒の中にまだあるかどうか見てみろ」

伯緯は言った。「水筒はどこだ？　壊れちまったんでねえか？」

口をきく力もなくなった馬が車を指した。伯緯がたいまつを掲げてひっくり返った車の中を探すと、水筒は局長の死んだ叔母の尻の下に押し潰されていた。叔母はとても重く、まるでわざと彼にその水筒を取らせまいとしているかのようだった。取り出すと手が切れた。壊れていたのだ。

その時、局長が暗闇の中でやたらにわめき出した。「助けてくれ、助けてくれ、どうしてまだ助けが来ないんだ？」

伯緯はその水筒を持って言った。「あんたに水筒を探してやってたんだ。壊れてたよ」

局長は彼に助けを求めたが、伯緯は馬から離れがたかった。明らかに馬の方が局長より重傷だった。彼は多くを見てきて、誰の命があとどのくらいあるのか、わかるようになっていた。

「先に馬の血を止めさせてくれねえか？」彼は頭を上げて言った。

たいまつの炎は馬の真っ白い頭蓋骨を照らし出した。頭皮が髪の毛ごとすべて剥がれ、真ん中には三日月のような傷口が開いていて、血がごぼごぼと流れ出している。

だが局長は相変わらず助けを求め、その声は鋭く、そばを飛び交うカケスの鳴き声をかき消さんばかりだった。二羽のカケスがすでにジープのタイヤの上にとまっているのを見て、伯緯は慌てた。手を伸ばせば触れられそうだった。一羽だけじゃない、何千何百といる。クラクションの甲高い音にもびくついた。車に潜り込んで水筒を探した時にスイッチを探したが、見つからなかった。彼には車のことがわからないのだ。

彼は仕方なく局長を背負った。

局長は頑丈な木の枝にしっかりと受け止められていた。運がいい。足元には鉄よりも硬い岩がある。それに高く突き出た岩もだ。何て恐ろしいことだ。

局長も重傷だった。脚は折れ、手も折れて、額には傷が口を開け、ひっきりなしに血が流れていた。伯緯は伸び上がって彼を抱えた。局長はひどく血生臭くて胃液の匂いのする息を吐き、伯緯はもう少しで岩の上に押し潰されそうになった。彼はワアワアとわめき、自分の不幸を訴えた。「俺は何だって経験してきた、監獄にも入ったし、殺されかかったこともある、火事や心筋梗塞もだ。自動車事故だけはなかった。これで全部揃っちまった、こんちくしょう！」

伯緯は言った。「まず落ち着け、こんなに寒い日だ、慌てれば慌てるほど寒気がくるぞ。血もこんなに出てる。先に血を止めてやるから」

伯緯は辺りに目をやった。テンナンショウを見かけた気がしたのだ。あの葉は止血に良く効く。だが局長は言った。「俺の鞄に触るな！」

ああ、テンナンショウの向こうに鞄がある。真っ黒い奴だ。

「中には何もない、こっちへよこせ、くそっ、俺の手が」

伯緯はテンナンショウを二枚摘むと、鞄を拾い上げ、ファスナーを開けて言った。「傷口を縛る手拭いがあればいいんだが」

局長は激しい口調で彼を止めようとしたが、鞄はすでに開いていて、中には大量の札束が入っていた。数千元、いや数万元だ。

「触るな、触るな！」

「あんたを縛る手拭いを探してるんだ」

「おまえはいい奴だ、俺にはわかる、助けてくれたら礼をするよ、それでどうだ？」

「俺は金はいらねえ」伯緯は言った。「金が欲しかったら、十数万はとっくに手に入れてらあ」

彼はわざと大げさに言った。「ここで事故を起こしたのは、大会社の社長や、省の幹部もいる。この前は庁長が……」

「おまえはいい奴だ、いい奴だ」

伯緯がテンナンショウの葉をあてて縛っている時、局長はずっとくどくどと彼におべっかを使っていた。局長は言った。「俺は運が悪い男だ、俺は局長だ、おまえの服をこんなにしちまったな、助かったら新しい作業服を二枚やるよ、俺の血がみんなかかっちまったからな、済まないな」

局長は怪我をしていない方の手で鞄を持ち——鞄は腕に下げた——、伯緯の首に腕を回し、さらにたいまつまで持った。

伯緯はたいまつを持てなかった。局長を支えねばならなかったが、彼には手がなかった。数本の曲がらぬ指を木に引っかけたり、岩につかまったりして登った。彼はハアハアと息を吐いたが、局長はもう何も言わなかった。どちらにせよ、彼の背におぶさっていた。

竹竿は二本が消え、木の枝に引っかかったりして、熱い燃えかすが局長や伯緯の頭や手に飛んできた。二人は同時に声を上げた。血も流れていた。局長の血は止まらず、伯緯の首を伝って流れ、冷たくぬるぬるとしたミミズが這っているようだった。

彼はいざりながら上に登った。局長の骨折はひどく、伯緯を手助けすることはできない。彼の膝は硬く凍った雪に押しつけられてギシギシと鳴り、まるで道いっぱいに割れたガラスが散らばっているようだった。

上り坂は険しく、溝はとても深かった。二人はやっとのことで平坦な道路に出た。伯緯は火を起こそうとした。そうすれば車を止めやすいし、暖も取れる。消えたたいまつに火もつけられる。伯緯のズボンは擦り切れて、膝のところが破れていた。彼は馬を助けにまた戻った。あらかじめ馬に手拭いを残しておいた。今、それは馬の手に握られていたが、彼は自分ではどうすることもできず、頭皮はまだ垂れ下がったままで、鼻や目は見えなかった。

「おい、寒いか？」

答える声を聞いて、馬がまだ生きていることがわかった。頭皮をめくり、顔をぬぐってやると、ようやくあの見知った顔が現れた。そうだ、馬山槐だ。頭皮は縛りつけたが、目は閉じたままだ。どこが痛いか尋ねると、全身が痛いと言う。

「なら上に登るぞ、上の方でもう車を停められたかもしれねえ」

「真正面から背負わないでくれ、肋骨が内臓に刺さってるみたいだ、痛くてたまらない」

話しているうちにクラクションのやかましい音がゆっくりと小さくなり、最後はすすり泣きのようになって、代わりに聞こえてきたのはカケス、今はあいつらの声しかしない。闇の一角から空の果てへと響き渡っている。伯緯はそれを聞いて力を奮い起こした。早く馬を担ぎ上げなければ。「カケスの声が不吉だな」馬が力なく言った。

伯緯は彼を横から抱え、言った。「そんな風に考えるんでねえ。勝手に鳴かせておけ、局長の叔母さんのせいだ」

「局長はまだ生きてるか？」

「まだ生きてるよ」

カケスの翼が彼らを取り囲み、円を描いている。伯緯は木をつかめなかった。ぬるぬるとして、危うく馬を溝に落としてしまいそうになり、十数メートルも滑り落ちた。馬をつかんだが、伯緯の手は、彼は自分の手の肉が引き裂かれる音を聞いた。カケスの鳴き声の中から抜け出したかった。生きている人間を背負うのは、死人を背負うよりましだ。だが今背負っている人間はまるで死人のように、あと一息しか残っていない。時折大きなげっぷをするのが、まるでその最後の一息をも吐き出そうとしているかのようだった。

道路に上がると身体中の力が抜けてしまった。頭上にはカケスはおらず、寒々とした星が瞬いているだけだった。カケスの鳴き声やクラクションの嗚咽が、溝の底の風に混ざって聞こえる。風音の中で、灌木と大木がびくついている。彼はもう一度、局長のあの死んだ叔母を担ぎに戻った。

彼が三回目に道路に這い上がった時、女房と婿が焚火のそばにいるのが見えた。三妹はボロボロの掛け布団を抱えていた。女房が恨みがましく言うのが聞こえた。「カケスがうちの屋根にまで飛んできたよ」

車は三台目でようやく停まった。前の二台のうち、一台は全く相手にしてくれず、もう一台は先まで行ってUターンしてくると言って、一目散に走り去ってしまった。三台目の車はミカンを満載したミニバンだった。伯緯は言った。「ミカンを下ろすのを手伝うから、二人を助けてくれねえか」

一家総出で、袋入りのや、籠に詰めたのや、バラバラに積んである何百キロものミカンを下ろし、怪我人や死人三人を担ぎ上げた。伯緯は女房と婿に言った。「ミカンを見張っててくれ、俺はこの人たちを病院に送っていく」

町の病院に着くと、伯緯は医者の指示通りに局長の叔母を裏の霊安室に運んだ。霊安室は「裏」といい、医者たちはみなそう呼んでいた。伯緯は「裏」をよく知っていて、明かりがなくても手探りで行けた。鍵のかかっていない扉があり、入ると数枚の大きな木の板がレンガの上に乗せてあり、人を一人横たえることができる。

戻ってくると、今度は局長と馬をレントゲンに連れていった。医者はレントゲン写真と本人を交互に見て、奥にある一台の手術台を指して言った。「どっちを先にする？」

馬が言った。「局長を先にしてくれ」

局長も遠慮せず、呻きながら入っていき、扉は閉ざされた。

町の病院は夜半には火の気がなく、人もおらず、医者と看護師はみな手術室に入っていった。伯緯は馬に付き添って冷たいベンチに腰かけた。おもての風は強く、伯緯は戸をしっかりと閉め、馬を奥のベンチに連れていった。「奥の方が風が入らねえからな」馬は腰を下ろした。

綿入れの袖は片方が切り開かれている。そちら側の腕が折れたからだ。血だらけの腕は剥き出しで、骨が何本か肉から飛び出し、半殺しにでも遭ったような、恐ろしい有様だ。伯緯は彼に話しかけたかった。もう一人いればなお良かった。唄でもいい、自分で唄うのでも、テープレコーダーでも、ラジオでも何でもいい。彼の膝も剥き出しになっていて、怪我をし、血が流れ、感覚もなかった。二本の手は凍えてナスのような紫色になっている。彼は手が裂ける音を聞いたのを思い出した。ようやく余裕ができて見てみると、右手はかつてあった親指の付け根から手のひらにかけて裂けていて、半分残った親指を動かしてみると、付け根に痛みが走った。

「もう師走も二十六日だ。あと三日で年越しだ」彼は傷口を押さえて、馬に言った。

馬は返事をせず、目を閉じてそこに座っている。頭にはぐっしょり濡れた手拭いを巻いている。

「あんたの局長の手術は大がかりかな、あの鼻と額の傷は何針かで済むだろう、手と脚は添え木だろうな」

馬は少し頷いたように見えたが、頷かなかったようでもあり、じっとしていた。

「頑張れよ、ここは設備が多くねえ、手術室は一つきりだ。俺はここをよく知ってるんだ、昔、手を怪我した時、ここで手術をしたんだ。今は医者はみんな入れ替わったが、また馴染みになった。俺が助けた人はみんなここに連れてくるんだ、安心しろ」

馬は眠ったようだった。しばらくして、ふいに言った。「局長の鞄……局長が持ってるか？」

「持ってらあ」

「死んでも手放さないだろうな」

伯緯は馬を見つめた。「どういうことだ？」

「手放さないだろう。局長の金だからな」

「局長は死なねえさ。病院に来て、手術室に入れば安心だ。人がそう簡単に死ぬもんか。俺はあの時、血圧は上が二十しかなかった。下は八しかなかったが、死んでねえ、今までピンピンしてらあ。医者が言うには、あと五分遅ければ命はなかったとさ。俺は五十分遅くても生きてただろうさ。人ってのはそういうもんだ、そんなに簡単に命は落とさねえ、そんなわけがねえ、生きたいと思えば生きられるんだ。生きたくないんなら別だがな。それに、助けてくれる人もいるでねえか」

彼は馬に話しかけ続けた。手術室からは誰も出てこず、まるで病院には誰もおらず、手術室も空っぽのようだった。電灯は暗く、伯緯は馬を見ていてふいに恐ろしくなった。彼は声を張り上げて言った。「おい、馬よ、何かしゃべってみろ、医者を呼んで点滴をしてもらおうか」

「もっと寒くなるよ」馬が言った。

「点滴をしたらもっと寒くなるって？　しねえのか？　そんならやめよう。馬、腹は減ってねえか？　水を飲みたくねえか？　便所は？　手術の時は注射一本で麻酔にかかっちまう、小便しようったってできねえぞ」

馬は首を振った。

「なんだってあんなにたくさん金を持ってたんだ？　職場の金か？」伯緯は話題を探した。

馬はまた首を振った。

「局長のか？」

馬はやはり首を振った。答えたくなさそうだった。

「あんたは知らねえんだな、どのみち知らねえんだ。あんたの局長は言ったよ、俺に作業服を二枚くれるって……あんなにたくさんの金、俺はようやくわかったよ、あんなにたくさんの金を持ってたら、俺だって大急ぎで車を飛ばして家に帰らぁ。今やっと、事故ってのはどうして起きるのかわかったよ」

馬はまだ首を振っている。

「苦しいのか、馬？」彼は馬の身体がたびたびこわばるのを見て取った。「寒くねえか、布団を持ってきてやろう」

伯緯は手術室の扉を叩いた。休むことなく叩いた。怖かったのだ。気にかけてはいられなかった。

扉がようやく開き、白衣を着た女が身体を半分出して言った。「どうしたんですか？」

手術台から物音が聞こえた。忙しいのだ。だが言わねばならない。「外の怪我人が寒がってる。布団をもらえねえか」

女は言った。「布団？　手術を済ませてベッドに移してからじゃないと。渡せませんよ」

伯緯は尋ねた。「あとどのくらいかかるんだ？」

「もうすぐ終わりますから、焦らないで」

彼は扉にかけていた手を引っ込めるしかなかった。女が閉めようとしていたからだ。もちろん笑顔で、その手術室の扉を閉めた。

仕方なくまた馬のそばに腰を下ろし、恨みがましく言った。「みんな新人だ。新しく来た若い医者だから、やることが遅えんだ」また馬に言った。「医者は機敏でねえといけねえが、あんたたちはゆっくりでねえとな。この先、車を運転する時はくれぐれもゆっくり走るんだぞ、あんなに速く走ってどうするんだ、もうちょっとゆっくり、安全を心がけるんだ、しまいにひでえ目に遭うのは自分なんだからな……」

彼はこう言って諌めたが、馬がもう死んでいるような気がした。馬はやはりそこに座り、目を閉じ、頭を垂れて、少しも動かなかったが、死んでいるようだった。伯緯は触れずとも、彼が息をしていないことがわかった。彼は多くのことを見てきたので、一目で感じ取った。

伯緯は彼を横目で見ながら、どうすればいいのかわからなかった。足はじりじりと脇へ逸れ、馬からできるだけ離れようとしている。手を鼻に近づけてみると、確かにもう息がなかった。

「外の奴が死んだぞ！　外の奴が死んだぞ！」彼は手術室の扉を激しく叩いた。

扉を開けて、中の医者は伯緯が何を言っているのかをようやく知った。男の医者と女の看護師が飛び出してきて、馬をベンチに寝かせるように言い、医者は拳で馬の胸を叩き、手のひらで押した。看護師は大きな注射器と太い注射針を持ってきて、二人で何やらひそひそと話し、看護師は馬の服をめくって注射針を突き刺した。一本分の薬が入っていった。医者は馬の脈をとり、聴診器を胸にあてて、それから立ち上がり、頭を振って言った。「だめだ」

伯緯はそこに立っていた。頭の先から足の先まで震えが止まらない。まるで胸に残っていた最後の熱が何かに奪い去られてしまったようだ。彼が拭いてやり、縛ってやったその顔に、目を落とした。電灯を見、壁を見、医者を見、そしてまたその黙ったままの顔を見た。それはとても若く、静かで、まるで突然縮み、しなびて、何かの大きな力に服従したかのようだった。

伯緯は泣き出した。

「馬よ、俺が助けなかったんでねえぞ、俺はあんたを道路まで背負ってやった、これもあんたの運命なんだ」

彼は医者に言った。「こいつを裏まで背負っていこうか？」

医者は言った。「そうしてくれ」

伯緯は目を拭い、汚れた両手で馬の脇を抱え、身体をかがめて彼を背負った。裏へ行ってみると、外は雪が激しく舞い落ちていた。暗闇の中で局長の叔母を少しずらし、馬を板の上に横たえ、身体を伸ばしてやってから、病院の廊下に戻った。医者はおらず、みな手術室に入ってしまっていた。がらんとした廊下で伯緯はまたひとしきり泣いた。涙は掘りあてた泉のようにあふれ、今日はまったくよく泣けてくる日だと思った。彼は病院を出て、暗闇の中を家へと戻った。

五キロの道のりは、雪が激しく降り、風も冷たく吹いていた。幸い、鶏が鳴いた。家が目に入ると人の気配と温もりを感じた。空はもう明るく、山羊が鳴いていて、牛の鈴が小屋の中で音を立てた。牛がまた水を飲みたがっているのだ。鶏が鳴き、孫も泣いている――孫は戸口に立っていて、薄着で立ったまま小便をし、小便がそのズボンを濡らした。

どうして誰も孫を見てやらないんだ、真冬の師走の雪の日に、朝早くから、一人で戸口に立たせておくんだ？　彼は山の男らしく大股で近寄ると孫を抱き上げ、家の中に入ろうとした。その時、中にいた三妹が米のとぎ汁をまく柄杓を放り出し、素早く伯緯の腕から孫を奪い取った。

「この子に触るんでねえ、おめでたい春節が来るってのに、死人を背負ってきたばかりだろう！」

何を言ってるんだ？　伯緯は茫然として、朽ちた木のようにそこに立ち尽くした。自分の家の戸口から、中にいる数人が見える。男二人と女二人だ。一人は三妹、髪を結わず下ろしたままで、もう白髪になっている。それから娘と、髭ぼうぼうで鋤の柄のような婿と、孫の四人だ。

こいつらは誰だ？　何をしているんだ？　自分の家族だろうか？　ここは彼の家じゃない！　誰のだ、彼は考えたくなかった。それをはっきりさせたくなかった。あの絶えず形を変える雲をじっくりと見たくないように。

伯緯はひどく傷ついた。両手をまだ下ろさず、孫を抱いた姿勢のまま、ぼんやりとそこに突っ立っていた。またしても震えが止まらない。言いたくなかったことを、ついに口に出した。

「俺の一生は、死人を背負う定めなんだ」

言い終えると家に入り、水を汲んで飲み、服を脱ぎ、寝床に入って眠った。家の中の者、その四人は、みな彼がはっきりとその言葉を口にするのを聞いた。それから彼が大きな音を立てて、血まみれの服を棚の上に投げ出すのを見ていた。

春節に二人の客が会いに来た。どちらも彼が助けた人で、果物や菓子、酒を提げていた。酒は里帰りする婿に持たせた。伯緯は自分ではその酒は飲まない。市販の酒はいつも悪酔いする。飲んでもなかなか汗が出ず、胸がむかついて仕方がない。

春になり、雪が融けた。また客が一人やってきた。安徽の男だ。伯緯は誰だか忘れかけていたが、それはあの岩の下敷きになった安徽の運転手の弟だった。通りかかったから、恩人に会いに来たという。その人は言った。

「今はレイオフってところです。財産も作っていない。金がなくても来なくちゃいけません、あなたには借りがあるんですから」

「ハハハ」

伯緯は笑ってその人を軽く叩き、食事に引き留めた。その人も遠慮せず、一合ほどの酒を飲み、口から山羊の腿肉の匂いをぷんぷんさせながら伯緯に言った。「あなたに金を渡したら、あなたは怒るでしょう。金を渡さなくても怒るでしょう、恩を忘れたって。何も言わずに話を聞いてください。考えたんです、道路の脇に売店を作ってあげますよ、物を売るんです。今は人も車も増えました、あんなにいい道路の番をしているのに、金を儲けないんじゃ割に合いませんよ……まあ聞いてください、儲けるっていうのは正々堂々とです。通行料でもなければ、交通警察がやたらに取り立てる罰金でもありません」

どう断ってもだめで、そうすることになった。その人はとっくに村で人手を集め、板や瓦、桁、垂木を買っていて、二日もしないうちに、数百元を使ってこぎれいな売店を完成させた。その人は立ち去る時にまた跪き、涙を流して言った。「兄も生前はことの良し悪しがわかる人でした。兄があなたの商売を見守ってくれますよ」

伯緯は言った。「俺はただ穏やかに生きられればいい。金儲けなんかしなくていい。あんたもそうだといいんだが」

伯緯は煙草や酒、麻花《マーホア》*、爆竹、洗剤、運動靴などを仕入れ、さらに人に頼んで蝶の標本や、「神農架観光」と彫られた木製のキーホルダーを調達した。彼は店番をした。たまに三妹が様子を見にやってくると、彼は山羊を放牧しに行く。どこに良い草があるか知っているのだ。

商売は大したことはなく、一日に十元も売れない。休憩に立ち寄るだけの人もあり、ただで茶を入れてやることもある。運転手たちのうち何人かは車を飛ばして通り過ぎる時に彼に挨拶をするが、車を停める暇はなく、金儲けに忙しかった。伯緯は売店の裏に山羊の小屋を建て、数十頭の山羊を連れてきて、客が来ない時は店を閉めて山羊の世話をした。

ある日、山羊を追って御触れの断崖を通りかかると、教師らしい人が観光に来た学生たちに説明をしているのを見かけた。

「……君たちの中に、この神農架の天書を解読できる者がいるかもしれない。私は自分の目を

＊麻花
小麦粉をこねてひも状にし、より合わせて油で揚げた菓子。

信じているよ。私たちの先祖が残したものだろうと、異星人が残したものだろうと……」

近寄ってみると、その教師は若者たちに、神秘の北緯三十度線やら、野人やら、恐竜の化石やら、ピラミッドやら、魔の三角海域やらのことを熱心に話している。聞いているうちに、若者たちは辺りを見回して彼の山羊に興味を示し、ある男子学生は鳴き声を真似し、女子学生は悲鳴を上げ、それから山羊たちと一緒にパシャパシャと写真を撮った。

滅茶苦茶な騒ぎになって、山羊たちはあちこち駆け回り、彼は若者たちに山羊を連れ戻すのを手伝わせた。車が出発する段になると、彼らは小躍りしながら車に乗り込み、四方に残された山羊たちはメエメエと鳴いて彼らを感激させた。伯緯はずいぶん長いことこんなに楽しい気持ちになったことはなかった。彼は山羊たちを叱りつけ、鞭を振るって、空気を吸い込んだ。その朝の空気を。

太陽がまっすぐ岩の上を照らし、今、彼は従順な山羊たちに囲まれて、その角をなでながら、岩壁を見上げている。何という文字だった？　一つは「路」、もう一つは「縁」、それとも「情」か？

何も覚えていなかった。あれを読み取ったのはもう二、三十年も前のことだ。今、彼は両の目玉を大きく見開いて、あの天書の文字をとっくりと見ることができないのが残念だった。どんな文字だっただろう？　どんな？

こんな風に目はぼやけていき、何の字も見えなくなる。あの天書の中にあるのは沸き立つ霧、密生する原生林、翼をはためかせて四方へと飛んでいくカケスだ、それに鋭い音を立てる腕や、深い谷のような喉だ……それらは蛇のように絡み合い、ぶつかり合い、転げ回り、苦しんでいるのだ。

この時、岩壁の天書から唄声が弾けた。それは驚くほどはっきりとした、鋤の刃を叩くよりもっと硬質な音だった。

ハイカラ二班、野暮天地主の第四班、
どっちつかずの第三班……

あのちんぽこ野郎が、変だな。俺は今日顔を洗った後で、眉毛をなでなかったか？

彼は眉毛をなでて言った。

「王皋、おめえはまだ俺を脅かすのか！」

彼は山羊を追って山に登った。山の上には極上の草地がある。

✺訳者あとがき

陳応松の作家人生にとって、神農架は大きな意味を持っている。小学校四年の時に始まった「文革」の影響で大学進学の機会を失い、下郷先の農村で運命を打開しようと詩を書き始めた。一九八五年に念願かない武漢大学中文系に編入し、卒業後は雑誌編集者を経て九七年に専業作家となるが、自身の生活遍歴をテーマにした小説が注目を集めることはなかった。二〇〇〇年に神農架に行ったことで作風が変化し、当地を題材にした中編小説〈馬嘶嶺血案〉(〇四)、「太平——神農架の犬の物語」(〇五)、長編小説〈猟人峰〉(〇八)等が高く評価された。本作は《鍾山》二〇〇二年第二期に発表後、第三回魯迅文学賞全国優秀中編小説賞を受賞。ほかに、故郷である湖北省中南部の江漢平原を舞台にした長編〈還魂記〉(一五)、中編〈滾鈎〉(一四)等がある。

陳応松は現在、神農架に仕事場を設け、毎年数カ月をそこで過ごしている。滞在中はしばしば広大な自然保護区の原生林に分け入り、地元農民が語る神秘的な物語や伝説に芸術的示唆を得ているという。

本誌で陳応松の作品を掲載するのは、「太平」(拙訳、『中国現代文学』十六号)に続き二作目だ。過酷さと恵みが共存する神農架の自然そのままに、彼の小説には残酷さと慈しみが共存している。作品はいずれも人間の利己的なふるまいと悲痛な叫びを暴き出すが、生を求める人々の姿は暗く絶望的な物語に力強い息吹を与え、人間本来の力に対する作者の強い信頼と、世界への一筋の希望を浮かび上がらせる。本作の主人公・伯緯もまた、事故で両手の指を失いながら、大きな運命に導かれるようにして死者を背負い歩き続ける。その姿は、生の苦しみの中で自らの役割を全うしようとする人間の尊厳に満ちている。

■大久保洋子（おおくぼ　ひろこ）
翻訳に、葉広芩「外人墓地」、「盗御馬」、王凱「対話」（以上『中国現代文学』）、王晋康「生存実験」（『S-F マガジン』）、江波「太陽に別れを告げる日」、陸秋槎「ハインリヒ・バナールの文学的肖像」（以上『時のきざはし　現代中華SF傑作選』新紀元社）、郁達夫「還郷記」、豊子愷「おたまじゃくし」（以上『中国現代散文傑作選一九二〇―一九四〇　戦争・革命の時代と民衆の姿』勉誠出版）などがある。

鍬《くわ》を担《かつ》ぐ女

何玉茹

葉紅訳

原題　〈扛锄头的女人〉
初出　《中国作家》2007年第11期
テクスト　《小説月報》2008年第1期
作者　【かぎょくじょ　He Yuru】
1952年河北省石家荘生まれ

わたしは農村の女、読み書きができない女だ。

そんなわたしがひどい不眠症で、横になっても大きな目を見開いたまま夜を明かすことがよくある。

わたしの目はほんとうに大きく、若いころはとてもきれいだった。二重まぶたで、日焼けとは無縁の白くつややかな顔だった。大きな目は今も変わらないが、周りにくまができ、下まぶたがひどくたるんでしまった。色白のつややかな肌もくすんでしまった。

わたしが住んでいる村は省都のはずれにある。省都では日々古い建物を壊しては新たに建て、村でも同じく毎日古いのを壊しては新しいのを建てている。この村に嫁にきた当初は、三部屋ある土壁の家に住んでいたが、それからレンガ造りの家に移り、さらに二階建ての家に移った。いまは団地に住んでいる。

住む家は変わるたびによくなったが、日々の暮らしはだんだん気のめいることが多くなってしまった。

わたしが不眠症だとはたいていの人には信じてもらえない。誰もが横目に見ながら「そんなはずないでしょ。あんたが？」と言う。

言いたいことはわたしにも分かる。「あんたが？　字も読めないような人が、不眠症になるの？」せいぜいそんなところだ。

彼らの目つきはまるでどんな利器でも歯が立たない固く閉じた扉のように思われ、どんなに怒り狂った人でも反撃のしようがないほどだ。

他人ならともかく、身内がそんな目つきをする時さえある。

身内とは、夫の李永志《リー・ヨンジー》と娘の李小星《リー・シャオシン》のことだ。

わたしの両親はとうに亡くなり、夫と娘だけがわたしの身内だ。身内は最も気がねなくいられる相手のはずだが、夫や娘と一緒にいるといつも気が張り、まるで狼の群れにまぎれこんだ羊のように、襲われまいかといつもビクビクしていた。

そんなふうに思ってはいけないことは分かっている。身内同士が狼と羊のような関係のわけがない。でも、自分でもどうにもならないのだ。夫と娘を見るとすぐ気が張ってしまい、気が張るし、狼と羊のことを連想してしまう。やられ放題の羊にはなりたくないので、いつも強気を装い二人より偉そうにしている。

夫は大学を卒業して、中学校の教師をしていた。今年定年退職したが、それでも毎月二千元あまり入ってくる。娘は高校を卒業後、村からそれほど遠くない工場で働いており、毎月一千元以上の収入がある。わたしはというと、恥ずかしいことにひと月三百元、それも、半分は村が支給する年金で、残り半分は新聞配達の収入だ。

稼ぎのよい仕事ならほかにもある。たとえば大通りの清掃員なら、ひと月三百元になる。でも、それはやりたくない。それをやればわたしをバカにしている人たちはもっともっとバカにするだろう。新聞配達の稼ぎはちょっと少ないが、新聞には字が印刷されている。字の読めないわたしが字を読める人たちに文字を届けることに、わたしはなんとも言いようのない快感を覚えるのだ。

毎日がなぜこんなふうになってしまったのか分からない。結婚当初、夫は中学校の教員どころか、小学校の教員にもなっていなかった。毎日わたしと同じく、鍬を担いで畑に出ていた。いくらも耕さないうちから彼がわたしに遅れるのは毎度のこと。誰もが李永志は嫁に遠く及ばないと言っていた。娘に至っては、言うまでもない。今年二十八歳だが、その半分は私が世話をしてきた。十四歳まではトイレにさえ着いて来ようとして、少しも離れたがらなかった。

昔のことは映画のように毎日わたしの頭に浮かんでくる。しかし、口に出しては言えない。言えば、必ず夫と娘に「なんか、カビ臭くない？」とからかわれてしまう。二人は明らかに昔のことを思いだすまいとしている。なぜなら、昔はわたしに及ばなかったからだ。まったく、身内だって言ってもね、身内だってしょせん世間体が大切なのよ。

昔のことが話せないなら、今のことを話そうとすると、それはもっと聞きたくないようだ。夫と娘はいつも「こんなことはよそでは絶対に言わないでね。笑いものになってしまうから」と言う。わたしがよく言い間違えるからだ。自分でも分かってはいるのだが、どういうわけか、口を開くと、つい言い間違えてしまう。たいてい新聞に載ったニュースを話題にするのだが、それは新聞を見た人が話してくれたものだ。新聞のニュースを二人に話してやりたい。しかし、娘は「新聞配達は配達だけしていればいいから。読むのはよしてよ」などと冷たく言い放つ。そんな時、そばにいる夫はただへらへら笑うだけだ。もしかすると、ピリピリした空気を和らげたいのかもしれないが、あるいはほんとうに人の不幸を面白がっているかもしれない。だって、そんなふうに夫が笑った後は、きまって娘はいっそうわたしに無礼な態度を取るようになるのだから。

こんな時に息子李大星《リー・ターシン》の顔がいつも目に前に浮んでくる。李小星の双子の兄だ。十九歳の時、交通事故で亡くなった。もし生きていれば、李小星のような態度を取らないだろう。だけど、ほんとうにそうだろうか。

あのころ、大星は女の子と付き合いはじめ、その女の子にとても夢中になっていた。しかし、ある日その女の子は突然別れると言いだした。自分が好きになった人の母親が字も読めない田舎女であってほしくないというのがその理由だ。女の子は小星から大星に伝えてくれるよう頼んだ。理由を聞いた大星はすぐバイクに乗って出ていった。しばらくしてバイクが自動車と衝突したという知らせが入った。

その年、わたしは何度も大星の墓前で身も世もなく泣いた。「大星よ、字の読めない母さんが死ぬべきだったんだよ」

夫と娘も何度も墓参りをしているが、二人とも一人で行き、帰ってきても話題にしない。普段から大星のことには触れず、まるではじめから大星がいなかったようだ。それでわたしの不眠症はますますひどくなり、大星にわたしの悪口を言うためにばらばらで墓参りに行っているのではないかと疑うようになった。二人は内心、大星の死は全てわたしのせいだと思っているに違いない。

何でも包み隠さずに話してくれればいいのに、誰も何も言わない。いつものようにつかず離れずでいる。わたしがソファーにもたれて眠った時には、服を持ってきてかけてくれることもある。そのつどわたしは目をさますが、目を開けることができない。目を開ければ彼らは悪いことでもしたかのように目をそらして立ち去ってしまう。わたしはちっともありがたくない。やさしくしてくれるなら、せめて正面からわたしの目を見て話して欲しい。わたしも自分が情けない。ベッドで寝られないのに、ソファーにもたれたら寝てしまうなんて、何が不眠症だ、と言われてもしかたがない。

新聞配達を終えてわたしが家に戻ると、夫がベランダの小さなテーブルの前に座って、朝ごはんを食べている。

そんな光景を毎日見ている。降り注ぐ光、小さなテーブルに二脚の籐椅子、いくつか並んだバラの鉢、眩しいくらいに磨かれた掃き出し窓。そして籐椅子に座って食事をするか、茶を飲むか、新聞を読むかしている夫。

それは心を打つ情景だと認めないわけにはいかない。もしわたしが片方の籐椅子に座って、夫と一緒に食事し、茶を飲み、あるいは新聞を読んでいれば、なおいいのだが。しかし、夫がそこにいる限り、一生その籐椅子に座ることはないだろう。なぜならそこは夫の「場所」だから。

夫だけの「場所」は他にもある。書斎だ。書斎には書棚が二つと、机にパソコンがある。普段夫はベランダか、パソコンの前に座っている。なぜか知らないが、わたしは妙に夫専用の「場所」が気になってしまい、つい口が出る。「テーブル一つあればご飯を食べるのに十分でしょ。茶卓だって一つあれば用が足りるじゃない。本なんて何冊もないんだから、どこにだって置けるでしょうに、なんでひと部屋使うの？」

そんな話をわたしは何度もした。そのため腹を立てた夫は何日もわたしと口をきかなかった。それでもわたしは言ってしまう。夫はわたしの反対を押し切って、部屋をリフォームし、家具を買い、やりたいことを何でもやった。少しぐらい愚痴を言ってもいいじゃないか。夫の本はもちろん二、三冊どころではない。書棚二つに収めきれないくらいある。しかし、夫のせいで、わたしが理由もなく、むしゃくしゃしてしまうのだから、これくらい言わないと、気がすまない。夫は「俺の場所ってことはないんだろう。おまえだって、入りたかったら入ってくればいい。本だって……めくってもいい」と確かに言った。本を読む、と言わずに、めくる、と。わたしはますます頭にきて言った。「絶対に入らない。ちょっと小金があるからって、すぐにムダ遣いなんかしないから、わたしは」

夫がムダ遣いをする人ではないことはよく分かっている。それでも自分の口をとめられなかった。結局、自分の言葉に責任を取らなければならなくなった。夫が家にいれば、夫専用の「場所」には絶対に近づかない。

わたしが近づけない「場所」は他にもある。娘の「奥の間」だ。いまは寝る部屋を「寝室」と言うようになったが、わたしはやはり「奥の間」の方が言い慣れている。平屋に住んでいたころは、誰でも「奥の間」と言っていたが、団地に移ったとたん、言い方が変わってしまった。もし娘に「奥の間」と言うと、娘は決まって「奥の間」って何のこと？　と言わんばかりの知らん顔をする。わたしもむっとして、「他人ならともかく、おまえが昔を忘れてはだめだ」と言ってしまう。娘は顔色を変え、「なんで、そんなこと言われないといけないの？」と、くってかかり、こんなふうにわたしたち二人はいつも気まずくなる。そういうわけで、娘の「奥の間」には絶対に行かない。たしかに最初のころ、娘が留守の間に何回か入ったことがある。カーテンからシーツ、ソファー、クッションに至るまでみな赤や緑、黄色などの派手な色合いでまるで生地屋にでも入ったかのようだ。床や窓辺、テーブル、ベッド、……どこもかしこもきれいに片付いていて、ちり一つ落ちていない。ある時、娘は仕事から戻るなり、「わたしの部屋に入った？」と聞いてきた。驚いたが、「入っちゃだめなの？」と言い返すと、娘は「やっぱりね。髪の毛が床に一本落ちていたし、スリッパもつぶれていたから」と言った。それからはもう娘の「奥の間」に入ったことはない。

わたしにも自分だけの「場所」がある。書斎の隣の小さな「奥の間」だ。向かいは夫と共有の大きな「奥の間」だが、そこにはめったに入らず、ほとんどの時間を自分だけの場所で過ごす。わたしの自分だけの「場所」は簡素だ。洋服ダンス一つに、引き出しが三つある机と椅子が一つずつ、一人用の板敷のベッドが一台ある。ベッドの下に四角い小さなちゃぶ台と小さな腰掛けもある。朝ごはんは、ちゃぶ台と腰掛けを引っ張り出しそこで一人で食べている。明るいベランダが好きだが、これらの古い家具を手放すのはしのびない。ほとんどがわたしの嫁入り道具で、それらを貧しい親戚だと思っている。いつだって貧しい親戚を見捨てることはできない。たしかに形が古く、作りも良くないが、懸命に守ってやらなければ、夫と娘がとうにゴミに出してしまっている。二人に「その家具を捨てるなら、先にわたしを捨てればいい」と言ってやった。この言葉は喧嘩の時に突然現れた合口《あいくち》のように、二人を仰天させて、すぐに引き下がらせることができた。

平屋から二階建ての家に移った時もそんなことを言った。二人は同じように引き下がった。でも、わたしは惨めな負け方をしたように感じた。しまいにはこの古い家具だけが残った。わたしは、あのレンガ作りの家を残したかった。家のレンガ一つ一つにわたしの汗が染みついている。夫が家を離れて大学に進学した後、わたし一人で人を集めて建てた家だ。そこにあるすべてのものに深い情愛を抱いている。けれど、夫と娘はそうさせてくれない。村役場の人も承知しない。村役場の計画では、平屋はみんなこわし、その跡地に大きな工場を作るというのだ。わたしは夫と娘を諦めさせることができても、村役場の人たちはだめだ。彼らがほんとうにわたしをゴミのように扱っても、わたしには打つ手がない。しかし、二階建ての家にまだいくらも住まないうちに村役場の計画がまた変わって、その二階建ての家を壊してみんなに鳩の巣のような団地に移るように言ってきた。わたしは最後まで二階建ての家に居座ったが、ブルドーザーが囲いのフェンスを壊し、家の窓の前まで突き進んできて、わたしは夫と娘に両腕をつかまれ、家から引っ張り出された。

わたしは台所に入り、鍋に水を入れ、自分の朝ごはんを作る用意をした。わたしの朝ごはんはトウモロコシのお粥と饅頭《マントー》半分に漬物だ。何年もそうしてきた。夫も昔は同じものを食べたが、この数年、トウモロコシを食べるとお腹をくだすと言って、牛乳とパンに変えた。わたしの方はといえば、牛乳が合わない。ある時夫があまりにすすめるから、カップ半分ほどを飲んでみたが、腹がしばらく張って辛かった。その時に、わたしは、夫と生涯反りの合わない暮らしになると悟った。悲しい現実に時々大声で泣き叫びたくなったが、泣いたからと言って少しでも状況が変わるものではない。

お粥ができた。自分の「奥の間」に戻り、ベッドの下から小さなちゃぶ台と腰掛けを引き出した。お粥をよそおうと台所に戻ったら、夫も台所にいた。蛇口から水がザーザーと流れ、牛乳を飲んだ後のコップを何度もこすって洗っていた。

わたしは夫の後ろに立ち、「浪費は最大の犯罪だ」と言った。それは新聞でずっと前から言っていた言葉だ。わたしは二人が台所でザーザーと水を流すのが一番気に入らない。台所だって自分の場所だと思っている。

夫は返事をせず、水は相変わらずザーザーと流れていたが、コップが急にガシャ、と割れたような音を立てた。

夫が体の向きを変え、半分に割れたコップをゴミ箱に入れたのを見た。

わたしはびっくりしたが、それでも聞いてみた。「ちゃんとしたコップが何で割れたの？」

夫は無言のまま指に水を流していたが、台所を出て自分のベランダの方に行ってしまった。指を怪我したようだ。わたしはなおも夫の背中に向けて「説明してよ。ちゃんとしたコップなのになんで割れたの？」

「そんなの、知らないよ」夫の返事が聞こえた。

大きな声だった。ほんとうにどうして割れたか知らないようでもあったし、また堪忍袋の緒が切れたかのようでもあった。

わたしは夫がほんとうに知らないであってほしいと思い、質のわるいコップだったらよかったのにと思った。けれど、それは何年も使って、以前、床に落としても割れなかったコップだ。お粥をよそった茶碗を持ってわたしは「奥の間」に戻った。ベランダの方から女形の歌声が聞こえてきた。


耳元に宵の口の鼓、昔のことを思い起こせばなんとも悲しいかぎり……


夫がまた裏声で歌っているのだ。京劇で「青衣《チンイー》」がそういう歌い方をする。テレビでよくのっぽで不細工な男がそんなふうに歌っている。

夫の堪忍袋の緒がほんとうに切れたとしたら、それはつまりわたしのあの一言のせいだ。夫が水を使うことに文句を言い、新聞の言葉の受け売りまでした。夫は、人真似をするより自分の言葉で言った方がましだと言ったことがある。しかし、そうだとしても、そんなにも我慢ならないものなのか？

わたしは小さな「奥の間」のドアをきっちり閉めた。それでも夫の裏声の歌が聞こえてくる。夫の堪忍袋の緒が切れるのも嫌だが、こんな声を出されるのはもっと嫌だ。この点わたしと娘は一致しており、二人とも夫が歌いだすと、猫から逃れるネズミのようにそれぞれの「奥の間」に逃げ込んだ。

不幸にも金《きん》の国に捕られ下女となり、程郎と夫婦になるも苦難の運命……

夫はいつもこのくだりを歌う。何度も聞かされてやっと意味が分かった。そのセリフはわたしにぴったりだ。なんと「苦難の運命」であることか！

朝ごはんの後、わたしは鍬を担いで出かけた。夫はまだ歌っていた。たとえ畑に行かなくとも、家にはいられない。客間の横を通った時、夫が窓の前に立って外を見ていた。歌の節回しに合わせ肩が震えていたのが見えた。本当に泣いているのか、はたまた歌のせいかはわからない。わたしはドアの手前でしばらく立っていたが、夫が振り向きそうになったので、慌ててドアを開けて出ていった。

わたしが担いでいる鍬も、ちゃぶ台同様いつもベッドの下にしまっている。鍬の柄は長く、刃は小ぶりで使い勝手が実にいい。里から持ってきたものだ。鍬の刃は鋭く、鎌の刃のようによく研がれている。ベッドの下には、ほかにスコップや三歯鋤などもある。そういったものも二人は捨てようとした。請け負ったわずかな畑も、人に使ってもらえばいい、いまの家には地下室がない、いったいどこに置くっていうんだ、と言った。「わたしのいる場所がこの道具の置き場所よ」とわたしが言った。ほんとうはベランダに置くのが一番だと思っているが、夫が丸テーブルや、籐椅子を置いているので、仕方なくベッドの下で我慢してもらっている。「おまえたちは学がないんだからね。学がないものは表舞台には立てないのよ」と道具に言い聞かせている。一方、夫には「この道具がなかったら、あなたの今日はないんだから、みんな宝物よ」と言っている。
その言外の意味は、「夫が大学生の時、わたしはこの道具を使って働き、その稼ぎで大学に行かせた」ということだ。夫はそのことについては否定せず、遠慮がちに「それなら、ベランダの壁にかけておこう」と言った。

わたしはそうしなかった。夫がもっと下手に出てくれることを期待した。ベランダに掛けなければ、夫はわたしに借りができたことになる。それに、夫が留守の間、わたしもあの籐椅子に座ってみたい。籐椅子に体を沈めている時に、粗野な農具は見たくない。

鍬を手に団地を出て村を抜け、村の外にある野菜畑に向かった。

わたしは自分のこのような暮らしに戸惑いを覚えることがよくある。都会の人が住むような団地に住み、外に出れば肩に鍬を担ぐ。夫には学があるが、わたしは文字すら読めない。娘は毎日バイクを乗り回しているのに、わたしは自転車さえさわったことがない……

たまに、わたしと同じように農具を肩に担いで畑に向かう人に出会うことがある。その農具はどこにしまうのかと考えてしまう。しかし、わたしは確実に言える。どの家の農具もうちのようにベッドの下にしまうことはないだろう。そう思う度、涙で目の前がぼやけた。わたしは涙を鍬の柄になすりつけ、何回もそんなことをするうちに、柄がつるつる光るようになってしまった。

村の外に出ると、畑の匂いがして土の中の音まで聞こえてきた。その匂いと音は畑にいつも来ている人でないと分からない。夫は学があってもこういうことは分からない。何なにが緑色になったとか、黄色くなったとか、赤くなったとしか言わない。ナスやキュウリはどんな匂いがするとか、トマトが地面に落ちる時はどんな音がするとか、土に埋まっている大根がどんなふうに土を割って顔を出すかなど、夫は全く知らない。夫にとって野菜畑はまるで付き合いのない隣人みたいに、よく知っているようでいて、何にも知らない存在だ。わたしにとって野菜畑は林だ。わたしは林に住む鳥で、林の中の葉一枚一枚、虫の鳴き声ひとつひとつに至るまで、親しみがある。

わたしが耕している小さな畑は、小道のすぐ脇にある。小道にはしだれ柳が一本ポツンと生えていて、うちの畑にちょうど枝がかかっている。畑に来るたびわたしはしだれ柳の根元に腰を下ろした。長い枝が垂れてきて、まるで人の気持ちが分かるかのようにわたしをなでてくれた。

あたりを見回すと、畑の向こう側に平屋がいくつも並んでいた。家の前をときどき女の人や子供が行ったり来たりしている。それは畑を借りたよその人が自分たちで建てた家だ。一度見に行ったことがあるが、家の中にはたいした家具もなく、食事をする時はレンガを積んで食卓にしている。眠る時もワラを布団代わりにしていて、身にまとっている服はみんな薄汚れた濃い色合いのもので、一度も洗濯したことがないようだった。しかし、そこに住んでいる女の人は満面の笑みでわたしを迎えた。話しの最中にもよく笑う。その家に住んで、その人はきっと気持ちが満たされているに違いない。満たされている人はどこに住んでいてもよく笑う。

いまでは、村の多くの畑はよそからきた人へ貸している。地元の人で畑仕事をする人は日に日に減ってきていた。でもわたしのこの小さな畑はおそらく死ぬまで貸しだすことはないだろう。畑がなくなったら、わたしという鳥はどこで羽を休めればいいのだろう。

この小さな畑で、わたしはピーマン、ナス、キュウリ、インゲン豆、コリアンダー、レタス、ジャガイモ、トマトなどを作っている。どの畝もきれいに整えられ、雑草一本生えていない。今日は鍬の出番はなさそうだ。それは分かっていたのだが、小学生のカバンと同じで、宿題がないと分かっていても背負っているものなのだ。

畑の端にあるいくつかの畝にはナスが植えてある。ナスの苗は元気良く伸びて、深い緑色の枝葉から強い青臭い匂いを放ち、まだ親指くらいしかないナスがなっている。なかには、茎から分かれた枝との間に徒長枝が伸びてしまい、茎も高くなりすぎていた。そのままにしておくと実が大きくならないから、いまのうちに摘み取らなければならない。

ナスの苗を眺めていると、急に何もかも一人で決められない自分が、あの親指大のナスに思えてきた。徒長枝や伸びすぎた茎を摘み取ってもらわなければ、間違いなくできそこないになるだけだ。しかし、徒長枝は誰で、摘み取るのは誰なのだろうか。まさか、時間をさかのぼり、自分が家を取り仕切っていたころに戻れるとでも言うのか。

わたしは、自分がまたくだらないことを考えていることに気づいた。それがなんの結果も得られないことは分かっていた。しかし、その考えはまるで発酵するふくらし粉のようにチャンスさえあれば膨らみ、止めようにも止められないのだ。

夫が定年退職した後、手伝うからと言って畑に来たことがあった。わたしは嬉しかった。二人で畑仕事をした方がベランダに座っているよりははるかにましだと思ったから。だが畑仕事について、夫はどうしてもわたしに指図をしたがった。本にはこんなふうに書いてあったと言い、まるで本を読まない人は、野菜を作れないかのようだ。わたしは引き下がらず夫のやることに難癖をつけた。夫が草取りをすれば、わたしはその後ろでもう一回草を取り、夫が畝を整えるそばから、また畝の手入れをした。そんなことを何度も繰り返すうち、夫はとうとう畑に来なくなってしまった。わたしは心からスカッとしたが、悲しくもあった。なんでそんなことをしてまで夫を怒らせてしまうのか自分でもよく分からない。無神経に「なんでここに来るの？　わたしがあんたのベランダや、書斎に行ったことがあった？」と問いつめたことさえあった。

自分はあまりにやりすぎではないかと思うこともある。しかし、夫の言う通りにしていたら、この野菜畑もベランダや書斎になってしまうのではないか。わたしは今度こそ引き下がらないぞ、と思った。平屋から団地へ引っ越すのは止められないが、野菜畑から「ベランダ」や、「書斎」に変わるのはなんとしても阻止したい。わたしはしっかり胸に刻んでおきたい。野菜畑はわたしのものだ、ほかの誰のでもなく、わたしひとりだけのものだ。

わたしが作った野菜は市場に出回るものよりも見映えがわるいことは分かっている。だが、子育てと同じで、不細工でも自分の子供はかわいい。ある時、細くて曲がったキュウリを何本か家に持ち帰った。夫はこの時とばかりに「ほらね、俺の言うことを聞いていれば、こんなふうにならなかったはずだ」と言った。「どんな形でもかまわない」とわたしが言うと、夫は「俺は嫌だ」と言い、娘も「わたしも」と言った。わたしは思わず手を上げ娘の頬を引っ叩いた。娘は部屋に駆け込み大声で泣いた。わたしも泣いた。夫は誰もなだめようとせず、一人ベランダに戻り、いつもの歌を歌いだした。

二人が畑をよそにやらせろと言うのも、わたしにはろくな野菜を作れないと二人が決めつけているからだ。けれど、二人には分かっていない。成果あるなしが大事ではなく、わたしが作物を育てていることが大事なのだ。育てていれば、それが小さいナスであろうと、曲がったキュウリであろうと、問題ではないのだ。実のところ、わたしも自分自身のことを歯がゆく思っている。生産隊で集団労働をしていたころ、いつもわたしが一番よくできたのに、今になってなんで一番へたくそになってしまったのだろう?

畑のあぜに座って長いこと考えていたら、トマト畑でぷちぷちっと音がした。トマトが待ちくたびれて早く世話してもらいたがっているのだ。

真ん中の畝に沿って進むと、両側に広がる丈の高いもの、低いもの、赤や緑、爽やかな匂いをしているもの、つんと匂ってくるもの、平凡なもの、目を引くものが、いっさいがっさいわたしを取り囲んだ。まるで盛大な歓迎式に迎えられているようだ。

わたしの目には、棚に絡みついたインゲン豆は互いにぶつかり歓迎の拍子をとっているようだ。キュウリはどれも見てくれと言わんばかりに葉の間から顔を出している。細いコリアンダーは一箇所に集まって体を揺らし、挨拶をしてくれた。もともと静かなピーマンの苗も騒がしくなり、風にのって、わたしに近寄ろうとしている。そのうちの一本はわたしの足にひっかかった。かまわずに歩くと、何度も足にまとわりついて、急にびりっと音がして、何にひっかかったのか、服の袖口が破れた。腹を立てて振り向くと、竹竿で作ったトマトの支柱だった。真っ赤なトマトが二つ支柱の下に落ちていた。そうか、ここにいるぞと教えてくれたのだ。

わたしは両手に一つずつ拾い上げ、服でこすって泥を落とした。わたしの服にはよく野菜の泥がついている。娘が不潔だと何度もとがめたが、わたしは「清潔さと愛しさは別なんだから、おまえには分からない」と反論した。娘はますますたてついた。「何が愛しいっていうの？誰が誰を愛しいと思うのよ」

向こうで水やりをしている女の人が、スコップを担いで自分の畑の中を行ったり来たりしている。あの人は勉強が好きで、都会に憧れ、都会に嫁いでいった。最近になって定年退職し畑に戻ってきた。彼女の畑仕事は上手ではないが、多くの村人たちが彼女を羨やんで「いいわねえ、趣味で野菜を育てはじめたんですって」と言う。わたしには誰ひとりそう言ってくれない。まるで二つの違う家庭の子供に対するように、金持ちの家庭の子供だけ褒めちぎるのだ。

その女の人の畑からそう離れていないところに果樹園がある。男の人が樹木の下にしゃがんで草刈りをしている。その男は数え切れないほどの種類の仕事をしてきた。大工、左官、表具師、靴修理に野菜売り……どれもうまくいかなかった。いまは果樹を育てている。話しでは、野菜作りを一番馬鹿にしているそうだ。生産隊の頃、野菜を作る指導員をしていたことがあり、もううんざりなんだとか。おそらく彼にとって人生で一番成功する見込みがあるのは、野菜作りのはずなんだが、彼は絶対にやろうとしない。人々はますます彼を軽蔑し、こんな人が果樹を育てたってうまくいくはずがないと言うようになった。人間というのはまったく口さがなく勝手なんだから。

わたしは顔を上げお日様を見た。お日様もちょうどわたしを照らし返してくれた。眩しくて、わたしはすぐに目をつむった。それでも、わたしは気持ちがいい。すくなくともお日様はわたしを見下したりしない。お日様の下には、薄い灰色の雲が広がり、その下にはビルが建ち並び、煙突が何本も立っている。煙突から黒い煙が吐き出され、すぐに雲の中にまぎれた。あそこのビルと煙突が娘が働いている工場だ。工場があるおかげで、娘は畑仕事をしなくて済み、毎月千元あまりの給料をもらい、字が読めない自分の母親を見下すことができるのだ。でもいま、わたしは娘のことを考えたくない。むしろ心配なのはお日様だ。雲が多くなり、ますます厚くなってお日様をさえぎってしまったらどうしよう？

それからわたしは、水を大量に必要とするキュウリに水やりをした。ポンプでくみ上げる井戸の水はますます少なくなり、わたしの畦に流れてくるころは、せいぜい浅い水たまりができるだけしか残らない。ここ数年、多くの工場が建ち、明らかに水の使用量が増えた。野菜作りに使う水よりもずっと多くの水を使っている。何年かしたら、人間が水を飲むことすら難しくなるかもしれない。しかし、どの工場も水不足だからと言って、建てるのを見合わせたり、水の使用量を抑えようとはしない。工場を建てた人たちは夫よりも学があるはずなのに、わたしのような字の読めないものにも分かることが分からない。わたしは野菜に水をやる時でもちゃんと調整して、土の表面が湿ったら、もうそれ以上やらない。野菜と同じくらいわたしは水も愛しいから。

水の上がりがあまりに遅いので、わたしはキュウリに水をやりつつ、ナスの徒長枝と伸びすぎた茎を摘み取った。それが終わると、熟したトマトをいくつか収穫した。戻ってみれば、水はキュウリ畑にまだ半分ほどしかまわっていなかった。見上げると、お日様が頭上高くかかろうとしている。家に帰らなければならないころだと思った。昼ごはんを作る時間だ。いま戻らなければ、夫と娘が台所に入っていってしまう。そう思うと気もそぞろになってきた。

家に帰ると、思った通り二人はすでに台所に立っていた。

夫と娘はそれぞれが流しの前に立ち、一人は米を研ぎ、一人は野菜を洗っている。真ん中にある蛇口は両側に交互に向けられ、ザーザーと流れる水は、キュウリ畑の二畝分にやっても十分すぎるほどだ。

わたしの登場は二人をびっくりさせたらしく、まるで大人にいたずらが見つかった子供のように、慌てた表情を浮かべた。

二人がそのまま慌てていれば、わたしも多少気分が良かっただろう。だが、ほんの一瞬の後、二人は体の向きを変え、何事もなかったように視線をそらした。一人は米を研ぎ続け、もう一人は野菜を洗い続けた。夫は「何もしなくていい。休んでいれば」とまで言った。

わたしは手も洗わず、顔も拭かず、着替えもせず、全身埃だらけだった。片手に鍬を持ち、もう片手にハンカチに包んだトマトを持っている（ポケットにはいつもハンカチが入っている。娘が使うような紙タオルやウェットティッシュなど一度も使ったことはない）。二人はきっとこの格好が嫌なのだとわたしは思った。

「どうして何もしなくていいの？　あなたたちにご飯を作ってあげる資格がないとでも？」と言った。

娘は振り向いてわたしを見て言った。「母さん、何を訳のわからないこと言っているの？」

娘も目が大きく、わたしによく似ている。ただ目にたるみも、くまもない。二十八歳になったが、嫁にも行かず、わたしと対抗するために家に居座る魂胆のようだ。

わたしは鍬とトマトを置き、急いで蛇口の水を止めた。台所の中はたちまち静かになった。

「訳がわからないことを言っているのはそっちよ」とわたしは言った。

わたしの唇はいくらか震えていた。自分の声と思えないほど声も震えていた。

台所の中は、床も食器棚も調理器具も、鍋や食器も全部新しい。どれも眩しいばかりだ。しかし、どれもわたしが好きなものではない。買い直す時、わたしが気に入ったものは全て二人に否定された。最後にどうにかわたしの要求を一つだけのんで、わたしが使っていた青い花模様の茶碗と、先が少し焦げた竹の菜箸を残してくれた。

台所をわたしだけの「場所」にしているのは、多少意地を張っているところがなくもない。一人で台所にいると、なんとなくよそよそしく、そわそわと落ち着かない気に実はなるのだ。だから、台所で言い合いになっても、わたしは堂々とかまえることができず、情けないほど唇は絶えず震えている。

しかし、思いもよらないことに娘の唇も震えだした。何か言いたそうにしているが、震えるばかりで言葉にならない。目のまわりが赤くなり、たちまちはらはらと涙がこぼれた。

娘は悔しくてたまらないようだったが、そもそも娘に何か悔しがるようなことでもあるのか？

夫はいつのまにかいなくなった。夫はいつもこの調子だ。わたしと正面から衝突することを避けている。

わたしは陣地を奪い返したような気分で夫がいたところに立ち、米を研いだ水で手を洗い、米を研ぎ続けた。

米を研ぎながら娘の攻撃を待った。きっと「そこは手を洗ってもいい場所？　それに、何で着替えてこないの」と言ってくるだろう。

そう言われたら、「母さんが手を洗うのも場所を選ばないといけないの？　この家は全部母さんのでしょ？」さらにこうも言うだろう。「食事の支度くらいで、着替えないとだめって、誰が決めたの？　おまえが小さかったころを忘れたの？　わたしが体中肥料の臭いがしていても、母さんに抱っこしてほしくて、離れなかったじゃない」

娘はこう返すだろう。「小さい時は何も分からなくて、そんなことをしたかもしれないけど、いまは死んでもしないわよ」

「おまえがしないって分かってるからこそ、教えてるのよ。昔のことを忘れてはいけない。忘れたら、まっとうな人間にはなれないよ」とわたしが言う。

娘は「箸で野菜を炒めて、ハンカチでトマトを包む。それが昔のことを忘れないってこと？わたしは嫌だわ。箸で炒め物をしたら火傷しちゃうし、そのハンカチだって、鼻をかんだものでしょ」と言う。

「だったら、トマトもわたしが作ったおかずも食べなければいい」とわたしが言う。

「それだって構わない。飢え死にしたって食べないから」と娘が返すだろう。

ところが米を研ぎ終えても、娘の反論は聞こえて来なかった。野菜を洗おうともせず、体も動かさずに、微かなすすり泣きの声だけが聞こえた。

わたしはついに堪えきれなくなって、先に口を開いた。「李小星、誰に見てもらいたくて泣いているの？　泣くなら外で泣いてきなさい」

娘は本当に台所から出ていこうとしていた。まるでわたしに言い負かされたように。しかし、入り口を出たところで急に引き返し、目を大きく見開き、黙ったままわたしを見つめた。

娘の目はわたしにそっくりだ。わたしの心はざわついた。「いったい、何なの？」

娘は口を開くと、「王大妹、わたしを嫌っていることは、分かっているわ」

王大妹はわたしの名前だ。なんとわたしを呼びつけにしたのだ。わたしは逆上してトマトの包みをとって、娘めがけて投げつけた。

娘は身をかわし、トマトはドア枠に命中した。流れでた汁でハンカチとドア枠がみるみる赤く染まった。

娘はそれには動じず、続けて言った。「王大妹、言いたいことを代わりに言ってやるわ。このわたし李小星が李大星を死に追いやったのよ。わたしがことづけを李大星に伝えなければ、李大星はあんなに急いで飛び出したりしなかった。出かけなければ、車とぶつかることもなかった。この李小星はどうせ生まれつきの能なしよ。ことづけを預かっておくだけでいいのに、よりにもよって本人よりも慌てて、まるで天でも崩れ落ちてくるかのように焦ったあげく、火に油を注ぐようなことをして兄を死に追いやったと。そうでしょう？　こんなふうに考えているでしょう？　李大星が生きていたらよかった。どちらか一方が死ぬとしたら、それは李大星ではなく、李小星の方だったらよかったと思っているんでしょう！」

わたしは驚いて娘を見つめた。たしかに李大星が生きていればどんなによいかと思ったことはある。たしかにどうしても一人死ななければならないなら……と考えたこともある。だが、それは李小星では決してなく、王大妹、このわたし自身だ。

しかし、釈明したくなかった。娘のその話はいまひとつ信じられなかった。まさか大星の死がまだ娘の心にひっかかっていたのか。この事故のことで、わたしが娘を恨み続けていると思っていたのか。大星はわたしが読み書きができないせいで、ガールフレンドと別れることになったのだ。家族に恨まれるなら、わたしの方だ！

その時、ドアの向こうから夫の声がした。「李小星、いま母さんをなんと呼んだ？」

李小星は「それがなに？」と口ごたえをした。

「早く母さんに謝りなさい！」と夫は言った。

「父さん、いい人のふりをするのはやめて。母さんが読み書きできなくたって、わたしはバカにしたことはないんだから。父さんみたいに」

「父さんがいつ母さんをバカにしたっていうんだ」

「はぁ、誰だって分かることよ。母さんとまともに話もしていないでしょ。母さんの部屋にも入らないでしょ。何かというと、すぐ『昔のことを思い起こせばなんとも悲しいかぎり』なんて歌いだすくせに」娘は言い返した。

夫は「おまえに何が分かる？　いまはおまえに言っているんだ。母さんにどんないけないことがあったって、あんな口のきき方はないだろう？」

娘は「あれは母さんをバカにしているんじゃないわ。母さんの方がわたしの母さんになりたくないのよ。兄さん一人だけの母さんになりたかったのよ」と言った。

夫は「バカな！　ふざけたことを言うのも、たいがいにしろ！」

娘は「父さん、わたしが分かっていないとでも思っている？　父さんの心の中では、母さんと同じことを思っているでしょ。母さんはわたしを恨み、父さんはわたしを恨んでいないふりをしているというだけよ。母さんのことはもっと気にしていないふりをしている。住み替えも、リフォームも母さんの言うことを聞かないのは、ほんとうは、母さんを恐がっているだけよ。母さんが昔のことを言いだすのを恐がって、母さんに生い立ちを忘れたって責められるのを恐れているのよ。昔を忘れたいために何もかも新しいものにしたのよ」

夫は「おまえ、ちょっとおかしいぞ」と言った。

娘は答えた。「わたしはどこもおかしくない。正気よ。ずっと前から言いたかったわ。でも、みんな毎日黙りこんで、話せなかった」

「何でも言えばいいってもんじゃないぞ」

「父さんたちが認めないことは分かっていた。わたしも認めて欲しいなんて思ってない。でもわたし、はっきりさせたいのよ。もう二、三歳の子供じゃないわ」

「はっきりさせるだって？　何がはっきりするってんだ？」

いつも口数の少ない夫が、思いがけず荒っぽい口調になった。

彼は話を続けた。「おまえと母さんに言いだせないことはたしかにある。それはうまく説明できないからだ。あまり母さんと話をしないのも、母さんの部屋にめったに行かないのも、あの芝居の歌も、それに母さんの希望通りにしないのも、すべておまえが思っているような理由からじゃない。絶対にたしかなことは、まず父さんは母さんをバカにしていない。次に大星の死はおまえとは関係ない。このことは母さんも同じように考えているはずだ」

「信じないわ。父さんの言っていることは何もかも信じられない。どうしてわたしが二十八歳になってもボーイフレンドがいないか分かる？　欲しくないんじゃなくて、恐いのよ。父さんと母さんのこんなありさまを見られるのが恐いの。大星のことに触れられるのが恐いの。もう誰だろうと、この家に入らせたくないのよ！」

……

わたしは台所に立って、黙ったままドアの外の会話を聞いていた。水道の水がザーザー流れているのに、わたしは全く気づかなかった。夫はおそらく台所の向こうの小さな客間に立っている。わたしには台所の入り口にいる娘しか見えない。しかし、二人の声はどちらもわたしには他人のように聞こえた。

今夜もまた眠れそうにない。

昼ご飯も食べられないだろう。

畑の野菜たちがまたわたしを呼んでいる。

しかし、それでもわたしはバカみたいに考え込んでいた。夫の言いだせない話ってなんだろう。

わたしは諦めきれなかった。この家のすべてのことについてわたしの感覚がまちがっていたなんて認めたくない。そうだとしたら、わたしは彼らの前でますます気を張ってしまうじゃないか。毎日二人といっしょにいるのに、二人のことについてなに一つ知らなかったほどわたしはバカだったのか。

二人はわたしのことも大して知らない。だけど、それは二人が知りたくないからだ。二人は自分たちのことばかり考えている。でも、それじゃわたしは自分のことをあまり考えていないのだろうか。二人について何一つ知らないのは、わたしが読み書きができないからか、それとも自分のことばかり考えているからなのか？

頭の中が混乱してどうしてもすっきりしない。

わたしはまた鍬を担ぎあげた。

夫と娘のそばを通った時、二人は怖がっているかのように体をよけた。家のドアから出ようとして、二人はやっと何かに気がついたように叫んだ。「どこに行くの？」

わたしは無理に作り笑いをして言った。「鍬を担いでいる人がどこへ行けると言うの？」

「昼ご飯もまだだろう」

「食べるより眠る方が大事なの。先に眠れる場所を見つけないと」

もう二人にはかまわずに、わたしはバタンとドアを閉めた。

階段を降りていくと、ドアがまた開いた音がした。よかった。二人は追いかけて来ない。二人はやはりわたしをある程度分かっているようだ。彼らが心配するような、例えば自殺などわたしはしない、せいぜい、野菜畑に行ってひとしきり泣くくらいだと二人は思っているようだ。しかし、二人には分からないだろう。いまのわたしは泣くことすら思い浮かばない。何をしたいのか、自分でも分からない。ただひたすら鍬を担いでどこまでも歩いて行くだけだ。

団地を出て行く。

村を出て行く。

畑に入って行く。

わたしは思った。食べもせず、眠りもせず、このまま永遠に歩き続けられたら、どんなにいいだろう。

✺訳者あとがき

何玉茹は本誌では初めて紹介する作家である。

彼女は一九五二年河北省石家荘の生まれである。幼少期から成人した後までのおよそ二十数年間、大きな都市の郊外である農村部で暮らしたという。両親は誠実で人望が厚く、村人たちに慕われ、毎晩のように彼女の家に集まっては、様々な話をしていたそうだ。大人たちは各地での見聞を披露し、よもやま話に興じた。まだ幼かった彼女はいつも静かに村人の輪の中にいた。人情、世相などを知るチャンスが自ら経験する前に与えられ、この恵まれた環境が彼女のその後を決定づける大きな要素となった。実際、作家になってからも彼女は何かというと、「うちの村は」という言葉を口にするそうだ。

高校卒業後、文革で大学への進学の希望が叶わず、農作業をしながら村で二年ほど過ごした後、都市部に出て左官、ペンキ屋、食堂の下働きなどの力仕事もこなし、さらに受付係り、小学校の代替教員など次々に職を見つけて働いた。この時期にエッセイを書き始め、のちに、廊坊師範専門学校の文芸創作コースに進み、一九八六年に卒業した。在学中から本格的に執筆活動を開始し、作家としての頭角をあらわす。現在、短編のほか、中、長編を数多く出版している。中でも《田園恋情》、《楼下楼上》などが優れた作品として広く読まれている。

いまでは生活のベースを都会に移した彼女だが、農村出身という自分の生い立ちや農村での見聞と都市生活者の日常を思索の対象とし、農村と都市の文化の異同および衝突を好んで描いてきた。本編もそうした特徴を持つ一編と言えよう。主人公の女性は、長男の死を字が読めない自分のせいだと己を責め、日常の中で家族と衝突するようになる。愛情を注いできたはずだが、いつしか家族との関係がぎくしゃくし、夫と娘の日々の言動に困惑する。

中国全土の識字率から言って、読み書きができない人がいても驚くほどのことではないかもしれない。しかし、そういう人々の生活ぶりがほとんど知られることなく、社会のどこかの片隅に置いてきぼりにされ、忘れられてしまう。作中の「わたし」は社会からも家族からも理解されず、居場所を見つけられず苦しむ。その主人公自身の目線で家族との心の葛藤を平凡な日常を通して描いた作品になっている。ただ、読み書きのできない主人公の第一人称での構成にもかかわらず、文体から言葉遣いまで体裁が整い過ぎはしないかという意見も同人の間にはあった。その判断も合わせて読者に委ね、届けることとする。

■葉紅（よう　こう）

翻訳に高倉健『あなたに褒められたくて』《期待着你的誇奨》（広州出版社）、阿成「カラス」、陳丹燕「X　ON THE BUND」、劉慶邦「いちめんの白い花」、裘山山「道聴塗説」、姚鄂梅「狡猾な父親」「秘密の袋」（以上『中国現代文学』ひつじ書房）がある。

［本の紹介］

双雪涛《平原上的摩西》

（百花文藝出版社、二〇一六年六月）

趙暉

八十年代生まれの作家、双雪涛に注目するきっかけとなったのは、中短編小説集《平原上的摩西（平野のモーセ）》に収録されている同タイトルの中編小説を読み、深い感銘を受けたことだった。

小説集《平原上的摩西》には中編二編と短編八編が収められており、そのほとんどが瀋陽市鉄西区の艶粉《イエンフェン》街を舞台としている。「城郷結合部（都市郊外）」に実在する艶粉街は、治安が悪いことで知られ、貧弱な建物が多く家賃も非常に安いため、失業者や出所した前科者、売春婦といった人々が暮らしている一角だ。登場人物の大半はそのような社会の底辺でもがいている失意の人々――〈平原上的摩西〉の李守廉、〈無頼（無頼漢）〉の「父」と「母」、〈走出格勒（レーニングラードを脱出）〉の「母」等――である。

舞台となる艶粉街のある瀋陽市鉄西区は、日本占領時に工場が建てられ、その後社会主義中国により巨大工場地帯へと発展した場所である。しかし九十年代後半、「中華人民共和国の長男」と褒め称えられた東北重工業は衰退の一途を辿り、工場は次々と撤退、多くの労働者が職を失った。かつて百万人の労働者を抱えていたと言われる面影は、もはや無い。双雪涛も工場の労働者であった両親が失業し、家賃の安い艶粉街に引っ越している。

彼の作品には、瀋陽が経験した社会の変貌と時代の変遷が巧みに反映され、中国社会の抱える現実が随所に刻み込まれている。例えば、〈平原上的摩西〉の、毛沢東像の撤退を阻止しようとした労働者たちの行動にも、瀋陽市民を震撼させた連続殺人事件を捜査する警察チームにも、当事者たちの計り知れない不安と行き場のない憤りが見て取れる。

一方、双雪涛の言葉使いは簡潔で控えめであり、作品の終わり方も潔い。特に〈平原上的摩西〉には強くそう感じた。この小説の始まりは後に荘樹の親になる荘徳増と傅東心が湖でボートを漕いでいる場面から始まり、成人した荘樹と李斐がそれぞれ一隻のボートを漕ぎながら湖で対話している場面で終わる。前者は明るい新婚生活を迎えようとするカップルで、後者は十数年ぶりの再会を果たす幼なじみだが、その再会には予想だにしない危険も潜んでいる。始めと終わりが呼応し、切実な哀感のコントラストをなす一方で、慈悲深い温かみが感じられる。

さらに、この小説集の多くの作品では「死」が真正面から描かれる。例えば、中編〈我的朋友安徳烈（友達のアンドレ）〉は「僕」の父親の死から始まり、アンドレの死で締め括られる。短編〈長眠（永眠）〉は蕭という詩人の訃報から物語が始まる。短編小説〈大路（大道）〉で自死した少女が読者に与えた衝撃も尋常ではなかろう。双雪涛の落ち着いた筆致は消えた命へ捧げた静かな挽歌のようにさえ思える。

日常生活ではタブー視されている「死」という話題に対して、理性的な態度で直視しなければならないと、昨今よく議論されているが、実際、言及するにはまだ難しい社会環境にある。突然訪れた死別、別れを告げることさえできない永久の別離……目を逸らしてもどうしようもなく存在するこの残酷な現実に、毎日誰かが直面せざるを得ない。これらの小説を読むことが、読者にとって冷静かつ真剣に「死」を直視するきっかけになれば、意味のあることではないだろうか。

そして、なんといっても、表題の中編〈平原上的摩西〉の魅力に圧倒された。

三万三千字に及ぶ〈平原上的摩西〉は、二〇一七年に第十七回百花文学賞の中編小説賞も受賞している。小説は第一人称独白体で、独白する登場人物の名前が各章のタイトルになっている。熟練労働者である李守廉の一人娘、李斐、荘樹、荘樹の父親の荘徳増と母親の傅東心、殉職した警官の蒋不凡、二世の漢方医の孫天博、ベテラン警官の趙小東。上記の人物のほかにも、十名前後登場している。年齢も職業も異なる個性豊かな人々であり、それぞれの現実に目を逸らすこともあるが、いずれも辛抱強く日々を過ごしていく。特に鮮烈に印象に残っているのは傅東心と李守廉だ。浮世離れした雰囲気を持つ傅東心は個性豊かな女性人物像としても貴重だと思われる。一方、労働者だった李守廉は、少年時代の双雪涛の近所に住んでいた中年男性が原型になっているらしい。激しく移り変わる時代に翻弄され忘れ去られてしまう人々は、艶粉街のような秩序のない界隈で夢もなく無為に日々を過ごしているように見えるが、やるせない日常にも温かみや僅かな希望があるのだと、双雪涛は物語を通して伝えているような気がする。

魅力的な一方で残念に思った点もある。双雪涛の落ち着いた語り口がとても効果的な反面、個々の登場人物の場合になると、年齢や職業を問わず、大半の人が淡々と落ち着いた話し方をしている。その部分には少し違和感が残った。

ところで、双雪涛が二〇一四年の四分の三ほどの時間を費やし七回か八回も書き直した中編小説「平野のモーセ」というタイトルはどのような意味を持っているのだろう。

モーセはいうまでもなく、ヘブライ人（イスラエル人）を率い、エジプト新王国からパレスチナに脱出した『旧約聖書』中の人物である。作中では傅東心が六年間も自宅で李斐に漢詩や『聖書』などの授業を無償で行っていた。そして李斐をモデルにして冬の暖かい部屋で赤いセーターを着ている少女が楽しそうに遊んでいる絵を描いた。その絵は「平原（平野）」と名付けられ、夫のタバコ会社の「平原」という銘柄のパッケージとなる。その温かみのある美しいデザインが世間の好評を得ただけでなく、後にストーリーの展開にも重要な役割を果たす。我が娘のように大事に教育してきた李斐に、傅東心は贈る言葉としてモーセの話をした。心に優しさと正しい信念さえあれば、どんな困難も乗り越えることができ、モーセのように奇跡が絶対起こると信じよう、と。

双雪涛は一九八三年に遼寧省瀋陽市で生まれる。二〇〇七年に吉林大学法学部を卒業し、瀋陽市にある銀行に就職、まもなく執筆活動を始めた。二〇〇九年から映画評論を発表し始め、二〇一一年に長編小説《翅鬼（羽幽霊）》を以て台湾の《中国時報》が主催する第一回「華文世界映画小説賞」を受賞し、鮮烈なデビューを果たした。翌年、《融城（その町に溶け込む）》という「長編小説創作企画」で台北文学賞年金を獲得した。その賞を受賞した初めての中国大陸出身の作家として広く注目された。同じく二〇一二年に銀行の仕事を辞め北京に移住して専業作家になる。以来、《融城》の創作企画に基づいて長編小説《天吾手記（天吾手記）》を書き上げた。それから、《平原上的摩西》、《聾唖時代（聾唖時代）》、《飛行家（飛行家）》及び《猟人（猟師）》等の小説集を次から次へと世に送り出し、第一回「汪曽祺華語小説賞」をはじめとする多くの文学賞を受賞し、今を時めく作家となっている。一方、『飛行家』に収録されている短編小説〈刺殺小説家（小説家殺し）〉と〈平原上的摩西〉は既に映画化され作品の影響力が確実に強まっている。

目下、文学評論界や読者の間では双雪涛を作家の班宇（一九八六〜）、鄭執（一九八七〜）と合わせて「東北三剣士」と呼んでいるそうだ。彼らは同じく一九八〇年代の瀋陽に生まれ、時代の変化が社会の底辺に生きる人々に与えた影響を作品に描くところに共通点があると言われている。そして、「東北振興」に大いに貢献していると期待もされている。

時代の変化を描くより、時代に取り残されがちな、しがない庶民の浮き沈みや哀感や寄る辺のない悲しさを描くことに関心を持ち続けていると、双雪涛は記者のインタビューに謙虚に答えている。「僕の心には常にドストエフスキーの次の名言を刻んでいる。〝まず、第一に、善良であること。次に、正直であること。それから、決してお互いを忘れないこと。〟」（ちょうき）

【編集後記】

◆今号は中編小説一作、短編小説三作を翻訳掲載しました。

◇「発生」は、紹介二作目となる蒋一談の短篇です。彼は、中編・長編に力点を置く作家が多い中、高評価を得るのが難しいと言われている短編をあえて創作の中心に据え、力を発揮している作家です。取り壊しの進む下町で、孤独に暮らす老人の前に現れた若者は、「消えて無くなることは一つの美しさ」と語ります。老人が時《とき》への執着を捨てたとき、彼の目に映った本当に美しいものは、読者をも温かい気持ちにさせてくれます。

◇「生・一枚の紙切れ」は、今回初めて紹介する普玄の短編です。「紙切れ」に記された「生辰八字」が、一人の人間の誕生から死までを見届け、魂をあの世へ送るというのは、中国ならではの視点かもしれません。この作品の語り手は母親の胎内にいる赤ん坊ですが、それゆえの生まれくる魂と去り行く魂との対話が魅力的な作品です。

◇「カケスはなぜ鳴くか」は神農架を創作の地とする陳応松の中編です。「松鴉」と呼ばれるカケスは、「鴉」と同じ不吉さをまとっています。その鳴き声や奇異な地名、天書の出現などが古層と通じる空間を作り上げ、三千米級の頂が連なる神農架を知らなくても、引き込まれてしまう作品です。カケスがなぜ鳴くのかを考えながら読んでみてはどうでしょうか。

◇「鍬を担ぐ女」も今回初めて紹介する何玉茹の短編です。家族を失った悲しみを、それぞれが共有も消化もできずにぶつけ合うギクシャクした毎日。しかし主人公の刺々しさの裏にある愛情があふれ出る畑の場面は、みずみずしい野菜の香りが立ち昇ってくるようです。

◆今号の作品検討にあたっては、同人一同初めての経験をしました。リモート検討会です。以前、リモートを一部利用して開催したこともありましたが、みなが一時の方便と思っていました。今回このような新しい形の検討会を行ってみて感じたのは、距離と時間の制約を受けないため参加しやすくなったということです。でもその一方で、検討以外の雑談がしにくく、物足りなさも感じています。今号掲載の作品にもコミュニケーションを主題にしたものが幾つかありますが、みなが集って意見を交わす以前のスタイルが懐かしいです。

（土屋）

畢飛宇、裘山山、史鉄生ほか、作品を鋭意翻訳中！
次号以降もどうぞご期待ください。

✴第二十四号 二〇二一年六月刊行予定

第22号（二〇二〇年四月刊行）目次

✴同人✴　　✣編集委員

中国現代文学　第23号

Contemporary Chinese Literature　No. 23

Edited by The Society for the Translation of Contemporary Chinese Literature

発行日　二〇二一年二月十五日

編集　中国現代文学翻訳会
〒192-0393　東京都八王子市東中野七四二－一
中央大学法学部 栗山研究室
lishan@tamacc.chuo-u.ac.jp

発行　株式会社 ひつじ書房
〒112-0011　東京都文京区千石二－一－二 大和ビル２F
電話　〇三－五三一九－四九一六
FAX　〇三－五三一九－四九一七　http://www.hituzi.co.jp/

装丁・組版　板東 詩おり
表紙写真　Shanshan
印刷・製本　株式会社 TOP印刷
定価　二〇〇〇円＋税

ISBN 978-4-8234-1078-9　Printed in Japan